KB115323

ALCHEMIST
알케미스트
FUSION FANTASTIC STORY

시이람 장편 소설

알케미스트 7

시이람 장편 소설

초판 1쇄 찍은 날 § 2014년 6월 11일
초판 1쇄 펴낸 날 § 2014년 6월 18일

지은이 § 시이람
펴낸이 § 서경석

편집부장 § 권태완
편집책임 § 정수경
디자인 § 이혜정

펴낸곳 § 도서출판 청어람
등록번호 § 제387-1999-000006호
등록일자 § 1999. 5. 31
어람번호 § 제1-1865호

주소 § 경기도 부천시 원미구 심곡2동 163-2 서경B/D 3F (우) 420-822
전화 § 032-656-4452 팩스 § 032-656-4453
http://www.chungeoram.com
E-mail § chungeorambook@daum.net

ISBN 979-11-316-9059-8 04810
ISBN 978-89-251-3165-8 (세트)

ALCHEMIST
알케미스트

FUSION FANTASTIC STORY · **7** · 시이람 장편 소설

도서출판
청어람

CONTENTS

CHAPTER
01

출국전야

ALCHEMIST

"적합한 재료가 나타났습니다."

밀러 회장의 말에 마법진 위에 검은 기운으로 만들어진
두건을 쓴 남자의 모습이 흔들렸다.

―드디어 다음 작업을 할 수 있겠군.

"그런데… 조금 문제가 있습니다."

―문제? 네가 처리하지 못할 일인가?

"재료를 가지고 있는 사람에게 구입 의사를 보였지만 단
칼에 거절을 당했습니다."

―조용히 처리하고 가져오면 될 일 아닌가?

"상대가 제법 거물입니다. 함부로 처리하면 자칫 꼬리를 밟힐 수 있을 정도입니다. 그래서… 마스터에게 보고를 하고 조치를 취하려고 합니다."

─말해보라.

"꼬리를 밟히지 않도록 D를 복용한 실험체들을 이용해서 크게 분란을 일으키려고 합니다. 그사이에 재료를 가져오도록 말입니다."

두건을 쓴 남자는 잠시 가만히 있다가 고개를 천천히 끄덕였다.

─어차피 일반인들은 키메라에 대해 모르니 그것도 나쁘지 않겠군. 네가 말한 것을 허하도록 하겠다. 대신… 재료를 반드시 가져와야 할 것이다.

"실패할 일은 절대 없을 것입니다."

─믿고 있도록 하겠다.

두건을 쓴 남자는 그 말을 끝으로 다시 연기로 변해 사라졌다.

홀로 남은 밀러 회장이 마법진을 발동시키자 다시 검은 연기가 일렁이기 시작하더니 다른 남자가 떠올랐다.

─부르셨습니까, 회장님.

"네가 처리할 일이 생겼다. 지금 어디에 있지?"

─일 때문에 프랑스에 있습니다.

"자세한 내용은 메시지를 통해 알려줄 테니 최대한 빨리 미국 라스베이거스로 가라."

—알겠습니다.

이유도 듣지 않고 남자가 대답하자 마법진의 연기가 흩어지기 시작했다.

밀러 회장은 기묘한 미소를 지었다.

'이제 그동안 준비해 왔던 것들이 천천히 시작되겠군. 즐거운 수확의 시간이 다가온다.'

"오빠다! 오빠!"

은미는 고속버스에서 내리기도 전에 창준을 확인하고 옆에 있는 어머니에게 말하기 시작했다.

차가 멈추기 무섭게 제일 먼저 버스에서 내려 창준에게 달려갔다.

"오래 기다렸어?"

"도착 시간을 알고 있으니 오래 기다릴 리가 없잖아."

창준이 은미의 머리를 쓰다듬고는 버스에서 내리는 어머니에게 다가갔다.

"피곤하시죠?"

"겨우 버스타고 오는 건데 이 정도로 피곤하겠니?"

"그래도 꽤 장거리잖아요."

"서울에서 대전까지를 장거리라고 하는 사람이 한국에 있을까 모르겠구나."

"그런가? 잠깐 기다리세요, 제가 짐을 꺼낼게요."

웃으며 말한 창준은 버스에서 짐을 내리고 주차장을 향해 걸어갔다.

이렇게 어머니와 은미가 서울로 올라온 것은 바로 내일이 고대하던 가족 여행을 가는 날이기 때문이다.

처음에는 창준도 크게 의식하지 않았었지만, 날짜가 점점 다가오면서 그 역시 조금은 흥분된 기분이었다.

이렇게 기분 좋은 흥분됨은 비단 라스베이거스를 가기 때문이 아니다.

가족이 모두 함께 가는 것이고, 사랑하는 내 가족이 즐거운 시간을 보낼 수 있다는 생각 때문이다.

아침에 렌트를 해서 가져온 차에 짐을 실은 창준은 어머니와 은미를 태우고 주차장을 서서히 빠져나왔다.

원래 창준이 가지고 있는 에스턴마틴 원—77을 가지고 오면 좋겠지만, 그 차는 2인승으로 만들어졌으니 어머니와 은미 두 사람을 태울 수 없다.

그러니 렌트를 한 것은 어쩔 수 없는 선택이었다.

차를 타고 이동하는 동안에도 은미는 지저귀는 새처럼 옆에서 재잘재잘 잘도 떠들고 있었다.

"친구들한테 이번에 라스베이거스로 여행을 간다고 하니까 다들 입을 쩍 벌리더라. 돌아올 때 선물 꼭 사오라고 해서 입금을 하면 사온다고 했어."

"선생님께서 뭐라고 하지 않으셔? 이제 고3이니 수능 때까지 날짜 세고 있을 시기인데 말이야."

"에이… 그런 걸 왜 얘기하겠어? 그냥 조용히 다녀오면 되는 거지. 엄마하고 오빠하고 같이 가는 건데 그렇게 다 말해줄 필요는 없지."

"그래도 나중에 친구들을 통해서 들으면 뭐라고 하실 걸."

"걱정할 필요 없어. 성적이 떨어지지 않으면 아무 말도 안 하실 테니까."

은미는 자신 있다는 듯이 어깨를 펴며 말했다.

얘기를 하는 사이, 창준이 운전하는 차는 목적지인 로얄팰리스에 도착하고 있었다.

고속터미널에서 이곳 로얄팰리스까지 거리는 그다지 멀지 않았다.

"로얄팰… 리스? 로얄팰리스! 뭐야? 오빠 집으로 가는 것 아니었어?"

은미가 영어로 된 이름을 읽으며 놀라 소리쳤다.

어머니도 로얄팰리스의 명성을 들었으니 깜짝 놀라며 창

준을 바라봤다.

사실, 창준은 지금까지 사는 곳에 대해서 가족에게 얘기를 한 적이 없었다.

근검절약을 생활화하시는 어머니가 뭐라고 하실지 몰랐기 때문이기도 하고, 굳이 얘기할 필요는 없다고도 생각했다.

"내가 얘기하지 않았었나?"

"안 했어! 이렇게 엄청난 곳에서…으아아! 오빠 진짜 돈 많이 버는구나!"

호들갑을 떠는 은미 옆에서 어머니가 조용히 물었다.

"너무 돈을 함부로 쓰는구나. 저번에 가져온 차도 비싼 것 같았는데, 집도 이렇게 비싼 곳으로… 그럴 돈이 있으면 차라리 저금을 하거나 적금을 들어야지."

얼마 전 대전으로 에스턴마틴 원—77을 가져갔었다.

그것을 본 어머니는 차 가격을 물어보지는 않았지만, 한눈에 비싼 차라는 것을 알아보고 돈을 아끼라며 말했었다.

아마도 차 가격으로 20억을 사용했다는 것을 알면 호적에서 판다고 하실지도 모른다.

이런 상황이니 차마 이 집이 자신의 집이라고 하기 힘들었다. 그래서 미리 준비한 변명을 쏟아냈다.

"이거 내가 살고 있는 집은 맞는데, 내 집은 아니에요."

"응? 그게 무슨 말이야? 오빠가 살고 있으면 오빠 집이잖아."

"그렇게 말할 수도 있지만, 사실 이 집은 회사 이름으로 구입한 거거든."

"회사 이름으로?"

"미국에 파트너를 맺은 사람이 있는데, 그 사람이 한국에서 지낼 때 쓰던 집이야. 그런데 그 사람이 집을 급매하고 본국으로 돌아가게 됐거든. 그래서 일단 회사 이름으로 구입하고, 나중에 그 사람이 돌아오면 다시 마진을 붙여서 팔거야. 그러기로 약속이 됐고."

완전히 새빨간 거짓말을 입술에 침도 안 바르고 술술 내뱉는 창준이다.

어차피 이것이 진실인지 확인을 할 사람이 없으니 입에서 나오는 대로 말해도 듣는 어머니와 은미는 믿을 수밖에 없다.

"그러니? 그 사람이 돌아온대? 이런 거액의 부동산이 다시 팔리지 않으면 회사 부채로 남을 텐데……."

"걱정하지 마세요. 믿을 수 있는 사람이고, 같이 일을 하려면 믿을 수밖에 없기도 하니까요."

주차장에 차를 세운 창준이 짐을 꺼내는 사이 은미가 빨리 안으로 들어가고 싶은지 문으로 다가갔다.

요즘은 보통 아파트도 주민만 들어갈 수 있는데, 보안으로 소문난 로얄팰리스 문이 열릴 리가 없다.

"오빠, 여기 문 안 열리는데?"

"기다려, 기다려. 네 짐은 좀 가져가라!"

창준의 말에 쪼르륵 달려온 은미가 얼른 자기 짐을 끌고 문으로 달려가 발을 동동 구르며 재촉했다.

카드로 문을 열자 제일 먼저 안으로 들어간 은미는 바닥을 살짝 구르며 감탄했다.

"우와! 이거 바닥이 대리석인 것 같아! 역시 비싼 곳은 다르네!"

로얄팰리스라서 바닥이 대리석인 것은 아니다.

요즘 신축된 아파트는 대리석을 많이 쓴다.

오래된 아파트에서 살았던 기억밖에 없는 은미였으니 이런 것도 신기하고 즐거운 모양이었다.

카드키를 가지고 있어야 움직일 수 있는 엘리베이터에서도 이것저것 둘러보며 즐거워하던 은미는 집으로 들어오자 입을 쩍 벌리고 다물지 못했다.

"흐아아아… 여기에서 사는 거야? 완전 궁궐이잖아!"

고급스러운 분위기로 인테리어가 되어 있고, 창준의 나이에 맞게 젊은 감각이 돋보이는 디자인은 은미의 마음에

쏙 들었다.

가방을 팽개치다시피 던져놓고 이리저리 구경하던 은미
가 창준의 커다란 침대를 보고는 몸을 훌쩍 던져 뛰어들었
다.

동생의 귀여운 모습에 피식 웃은 창준은 은미가 팽개친
짐을 한쪽에 잘 내려놓았다.

그때 어머니가 주방으로 들어가는 모습이 보였다.

"이게 뭐니! 이거 다 인스턴트 음식이잖아!"

마침 어제 먹었던 인스턴트 음식들을 본 어머니가 소리
쳤다.

찬장과 냉장고를 열더니 그 안에 쌓인 각종 인스턴트 음
식을 보고 창준을 째려봤다.

"창준이 너! 서울에서 잘 먹고 있다고 하더니, 이게 잘 먹
고 있는 거니? 이게 다 뭐야? 라면에 햄, 소시지……."

"그, 그게 매일 먹는 건 아니고요… 가끔 먹으려고 사났
던 건데……."

"엄마, 여기 참치하고 3분 인스턴트 요리도 있어!"

언제 달려왔는지 어머니를 따라서 찬장을 뒤진 은미가
보물이라도 발견한 것처럼 활짝 웃으며 방금 찾아낸 전리
품(?)을 들어 보였다.

창준이 어머니에게 혼나는 일이 별로 없으니 이 기회에

골려 먹을 속셈인 모양이다.

하지만 어머니는 창준을 혼내려고 하는 것이 아니었다.

단지 창준의 건강을 걱정할 뿐이다.

한숨을 쉰 어머니는 싱크대에 쌓여 있는 설거지거리를 치우려고 했다.

"그냥 놔두세요, 제가 이따가 하려고……."

"됐네요. 그렇게 있지 말고, 나가서 장이나 봐와라. 저녁만 먹을 테니 간단히 두부하고… 이게 뭐야? 너 집에 소금이나 간장, 고추장도 없어?"

창준은 대답도 못하고 어색하게 웃으며 머리를 긁적였다.

그 모습에 한숨을 쉰 어머니는 은미에게 소리쳤다.

"네가 오빠랑 같이 나가서 반찬 만들 재료 좀 사와라. 양념 만들 재료는 전부 사오고, 두부하고 대파하고……."

어머니는 원하는 재료를 한참 말했고, 은미는 고개를 끄덕이며 창준의 손을 붙잡고 끌었다.

"가자!"

"잠깐, 설거지는 내가 하고 가야……."

"놔두고 일단 찬거리 사러 가자! 늦게 가면 저녁도 그만큼 늦게 먹을 거야. 오빠는 여자한테 늦은 식사가 얼마나 안 좋은지 알아? 모르면 아무 말도 하지 말고 따라와."

설거지는 하고 가려고 했던 창준은 은미에게 끌려가다시피 나갈 수밖에 없었다.

그렇게 은미와 나온 창준이 식자재를 사서 집으로 돌아왔을 때는 설거지는 물론이고, 집에서 찾은 청소 도구로 청소까지 거의 마친 어머니를 볼 수 있었다.

"그래도 청소는 하고 사는 모양이구나. 생각보다 그렇게 더럽지는 않네."

"청소는 거의 매일 하고 있어요."

변명 같은 창준의 말에 어머니가 피식 웃으며 사온 식자재를 가지고 음식을 만들기 시작했다.

어차피 내일부터는 미국으로 출발하니 저녁에 먹을 식사만 준비하면 된다.

그렇지만 워낙 반찬이 없어서 준비하는 시간은 꽤 오래 걸렸다.

어머니가 식사를 준비하는 동안 창준과 은미는 거실에서 텔레비전을 보고 있었다.

우우웅!

텔레비전을 보던 창준은 주머니에서 휴대폰이 진동을 울리자 꺼내서 확인했다.

'케이트? 이 시간이 웬일이지?'

"여보세요?"

―케이트입니다.

"영국에서 돌아왔군요. 문제되는 일이라도 있나요?"

―그런 것은 없습니다. 단지 내일부터 가족과 함께 미국으로 출국을 한다고 들었습니다.

"맞아요. 내일 출발해서… 한 열흘 정도 라스베이거스에 있을 예정입니다."

―그러면 가시기 전에 영국에서 진행되는 일에 대한 간단한 보고와 결재를 해주셔야 합니다.

창준도 사람인지라 이렇게 쉬고 있을 때는 되도록 일을 하고 싶지 않았다.

하지만 휴일도 없이 거의 모든 일을 처리하는 케이트 앞에서 이 정도도 못한다는 말을 할 수는 없었다.

"알겠어요. 언제 오실 건가요?"

―저도 숙소에 있습니다. 지금 바로 가지고 올라가도록 하지요.

창준이 전화를 끊자 텔레비전을 보던 은미가 고개를 돌리고 물었다.

"누구야? 설마 그때 통화했던 외국인 여자?"

"아니거든. 그 사람은 사업 때문에 만나는 거라고 했지!"

"그러면 누군데?"

"나하고 같이 일하는 사람이야. 처음에는 비서 같은 역할을 했었는데, 워낙 유능해서 지금은 내가 운영하는 회사의 COO(Chief Operating Officer) 정도 되는 사람이라고 볼 수 있지."

"COO? 그게 뭔데? 이사님 정도 되는 거야?"

은미가 똑똑하기는 하지만, 그래 봐야 고등학생이다. 이런 전문용어를 알 리가 없다.

"그러니까 COO는 업무 최고 책임자라고 하는 위치야. 일반적으로 회사의 사업을 총괄하면서 실무를 총책임지는 사람을 말하는 거라고 보면 돼."

"그러면 사장님이랑 뭐가 다른데?"

"원래는 사장이 직접 처리하기도 하지만, 이렇게 COO를 두면 사장은 기술이나 영업에 집중을 하고, COO는 그 외의 전반적인 일들을 관리하는 사람인 거야."

정확한 설명은 아니다.

하지만 창준도 정확하게 그 의미를 아는 것은 아니다.

어차피 뜻이 틀린 것은 아니었다.

은미가 자세히 알 필요도 없으니 이 정도 설명이면 충분했다.

"그러니까 사실 오빠가 해야 할 전반적인 일들을 대신 해주는 사람이라고 보면 되는 거네."

"그렇지."

"결국 오빠는 그 대신에 조금 더 여유로운 시간을 갖는 거고?"

"정확해."

"불쌍해라… 게으른 오빠 때문에 자기가 할 일도 아닌데 그렇게 일을 한다는 말이잖아."

"…그게 그런 의미는 아니거든. 그리고 네 오빠가 그렇게 게으른 사람도 아니거든."

창준은 금세 말을 비틀어서 약 올리려고 하는 은미의 머리를 살짝 쥐어박았다.

그때 현관에서 벨이 울렸고, 창준은 자리에서 일어섰다.

문을 열자 정장을 갖추어 입고 있는 케이트가 눈에 들어왔다.

영국에서 꽤 고생을 했을 텐데도 여전히 아름다운 모습이었다.

케이트는 창준에게 들고 있던 서류철 몇 개를 건넸다.

"영국에서 진행된 내용과 결재가 필요한 서류들입니다."

"고마워요, 영국에서 힘들지는 않았습니까?"

"그다지 힘들지는 않았습니다."

"다행이군요."

"서류를 읽어보면 되겠지만 간단하게 설명을 드리겠습니다."

케이트는 짤막짤막하게 영국에서 진행되고 있는 일들에 대해서 설명을 했다.

그리고 앞으로 회사가 가야 할 방향과 향후 일정에 대해서 덧붙였다.

"수고가 많으셨군요. 앞으로도 고생이 심할 것 같은데 빨리 가서 쉬도록 하세요.

"알겠습니다, 그럼 전 이만……."

짧은 설명이 끝나고 케이트는 창준에게 인사를 하며 돌아가려고 했다.

그런데 그들이 얘기를 하고 있는 사이, 식사 준비를 마친 어머니가 현관에서 창준이 얘기하는 소리를 듣고 어느새 다가와 있었다.

"손님 오셨니?"

"같은 회사 동료예요. 이제 얘기가 끝나서 가려고 하고 있네요."

케이트는 어머니를 보고 고개를 숙여 인사를 했다.

어머니는 외국인이 한국 사람처럼 머리 숙여 하는 인사에 어색하게 같이 고개를 숙였다.

그러다 그녀가 뒤돌아 가려고 하자 서둘러 말했다.

"잠깐만요."

설마 어머니가 케이트를 잡을지 몰랐던 창준이 물었
다.

"하실 말씀이라도 있으세요?"

"다른 것은 아니고… 저녁은 드셨는지 물어보지 않을
래?"

이미 어느 정도 한국어를 알아듣고 말도 할 수 있는 수준
인 케이트다.

그러니 창준이 통역을 하기도 전에 그녀가 알아서 대답
을 했다.

"이제 집으로 가서 식사를 하려고 합니다."

"어머나! 한국어 잘하시네요."

"어? 한국어 할 수 있었어요?"

한국어를 할 수 있다는 것을 케이트가 겉으로 드러낸 적
이 없으니 창준도 놀라서 물었다.

"그동안 공부를 했습니다."

"그러면 말을 하지 그랬어요."

"딱히 한국어로 말할 기회는 없었습니다."

두 사람이 대화를 하고 있자 어머니가 반색을 하며 말했
다.

"그러면 지금 간단히 식사를 하려고 하는데 같이하고 가

실래요?"

생각지도 못한 어머니의 제안에 케이트가 보기 드물게 당황한 얼굴이 되었다.

"가족들과 함께하는 식사에 왜 저를……."

"이제부터 집에 가서 식사를 하려면 시간이 너무 늦잖아요. 괜찮다면 같이 식사를 하고 가세요."

"하, 하지만……."

"좀 부담이 되나요? 하긴 그냥 한국 사람들이 집에서 흔히 먹는 식사라서 대단하지 않기는 하네요. 입에 맞을지도 모르겠고."

눈에 띄게 당황한 케이트의 모습에 창준은 그녀가 부담돼서 그렇다고 생각을 했다.

"갑자기 그러시면 부담스러워 하잖아요."

케이트는 창준의 말에 잠시 진정을 하려는 것처럼 가만히 있었다.

그리고 이내 평소처럼 무표정한 얼굴로 돌아와서 고개를 작게 끄덕였다.

이렇게 식사를 권하는데 거절하는 것은 예의에 어긋난다는 생각을 했기 때문이다.

"알겠습니다, 그렇게 하도록 하지요."

"잘 생각했습니다, 들어오세요. 그러면 한 사람 자리를 더 마련해야겠네."

어머니가 서둘러 주방으로 들어갔다.

"부담스러우면 굳이 같이 식사하지 않아도 돼요."

"괜찮습니다. 권하시는 식사를 거절하는 것도 한국 예의에 어긋난다고 들었습니다."

"그건 그렇지만… 뭐, 그러면 들어와요."

케이트가 창준을 따라서 안으로 들어왔다.

가장 먼저 반응한 사람은 소파에 앉아 텔레비전을 보고 있던 은미였다.

이미 현관에서 세 사람이 하는 말을 들었기에 손님이 올 수 있다는 것은 알았다.

하지만 그 사람이 여자라고는 생각을 하지 못했었다.

"오빠, 여… 자 분이시네."

"이리 와서 인사해. 이쪽은 회사에서 이사직을 수행하고 있는 케이트 프로시아, 그리고 이쪽은 내 동생인 김은미라고 합니다."

창준의 소개에 케이트가 먼저 살짝 고개를 숙이며 한국어로 인사를 했다.

"안녕하세요."

"아, 네! 안녕하세요. 근데 한국어 엄청 잘하시네요. 발음이 대박이세요!"

은미가 특유의 활달하고 싹싹한 태도로 케이트에게 웃으며 말했다.

항상 무표정한 얼굴의 케이트를 처음 본 사람들이 보이는 반응과 사뭇 달랐다.

"아… 고맙습니다."

"편하게 말씀하세요. 저보다 언니잖아요. 아! 오히려 편하게 하는 게 더 어려운 건가?"

은미는 한국처럼 존댓말이라는 개념이 정립되지 않은 외국 사람들은 존댓말을 상당히 어려워한다는 말을 들어본 기억이 있었다.

"이게 편하게 하고 있는 겁니다."

"역시 구분하기 어려운 모양이네요, 편하신 대로 하세요."

이렇게 은미와 케이트가 통성명을 하는 사이 식사 준비를 마친 어머니가 그들을 불렀다.

"식사하러 오세요."

주방에 있는 식탁으로 가자 어머니가 만든 음식들이 차려져 있었다.

급하게 만든 저녁식사였지만, 생각보다 반찬이 아주 많았다.

"우와! 김치찌개에 두부조림, 멸치볶음, 호박볶음까지!

뭘 이렇게 많이 만든 거예요?"

"급하게 만들 수 있는 것들만 만들었는데 무슨 호들갑이니? 어서 자리에 앉아라. 앉으세요."

어머니의 권유에 케이트가 자리에 앉았다.

어머니와 은미가 같이 앉고 창준과 케이트가 앉자 뭔가 이상한 그림이라서 묘한 생각이 들었다.

'꼭… 여자친구 소개하는 것 같네……'

창준은 문득 떠오른 생각을 얼른 털어버렸다.

항상 그런 것은 아니었다.

하지만 가족과의 자리에 누군가 낯선 사람이 같이한다면 많은 질문을 받을 수 있다.

특히 아무리 업무적으로 만나는 사이라고 하더라도 초대한 사람과 초대받은 사람의 성별이 다르다면 그 질문들은 개인적인 것들부터 주변의 모든 것으로 확장된다.

"식사는 입맛에 맞나요? 한식으로 준비한 식사라서 어떨지 모르겠군요."

"네, 대단히 맛있습니다. 평소에도 한식을 찾고는 해요."

"그럼 다행이네요."

가볍게 식사에 대한 얘기로 입을 열었던 어머니가 묻고 싶었던 일을 꺼내기 시작했다.

"국적이 어디인가요?"

"미국 캘리포니아 출신입니다."

"이렇게 한국에서 사는 것이 쉬운 결정은 아니었을 것 같은데… 힘들지 않아요?"

"괜찮습니다, 이제는 한국도 편하게 느껴지고 있습니다."

은미도 물어보고 싶은 것이 많은지 얼른 물었다.

"그런데 언니는 남자친구 없어요?"

"은미야."

처음 보는 사람인데 너무 개인적인 질문이라는 생각이 들었다.

창준이 나지막하게 부르자 은미가 혀를 살짝 내밀었다.

"괜찮습니다."

"거봐, 괜찮다고 하시잖아. 그러면 미국에 애인 있어요?"

케이트의 말에 은미가 약간 의기양양한 목소리로 다시 물었다.

"아직 그런 사람은 없습니다."

"왜요? 언니는 엄청 미인이라서 남자들한테 인기도 많을 것 같은데……."

"바쁘기도 하고 그렇게 마음에 드는 사람이 없기도 하

고요."

두 사람의 대화를 듣고 있던 어머니가 질문을 던졌다.

"나이가 어떻게 되나요?"

"스물일곱입니다."

"우리 창준이보다 세 살이 많군요. 그러면 부모님은 미국에 계시고요?"

"어머니!"

여자친구를 소개하는 자리처럼 점점 질문들이 과하게 변하는 느낌에 창준이 막으려고 했다.

하지만 어머니를 비롯하여 다른 사람들도 크게 신경을 쓰지 않았다.

창준은 케이트가 무슨 생각으로 이런 개인적인 질문에 대답을 해주고 있는지 이해할 수 없었다.

연이어지는 어머니의 질문을 받으면서도 케이트의 표정에는 귀찮다거나 불편하다는 인상은 전혀 없었다.

오히려 평소의 무표정한 얼굴이 아닌, 간혹 띠는 미소는 신기하기까지 했다.

불편한 식사시간이 끝났을 때 창준은 속으로 감사하다고 소리를 지를 정도였다.

돌아가려는 케이트를 배웅하기 위해서 현관으로 같이 나온 창준은 작게 한숨을 쉬며 사과를 했다.

"미안하군요. 식사시간에 좀 곤란하셨죠?"

"딱히 그렇지는 않습니다. 오히려 가족들이 알스를 많이 생각하는 것 같아서 즐거웠습니다."

불편하지 않았다니 다행이지만, 그게 더 이해가 되지 않았다.

어떤 사람이라고 하더라도 충분히 부담될 정도로 과한 관심을 받았었으니 말이다.

하지만 본인이 괜찮다고 하니 창준도 더 이상 말하지는 않았다.

엘리베이터가 도착하자 케이트가 엘리베이터를 타면서 물었다.

"내일 몇 시에 출발할 예정이죠?"

"아침 10시 비행기니까 가는 시간을 생각해서 7시 30분에는 출발하려고 하네요."

"그러면 그 시간에 주차장에서 뵙도록 하지요."

"네? 같이 공항으로 가려고요?"

케이트의 말에 창준이 살짝 놀라며 물었다.

"어차피 차를 가지고 갈 생각이 없으신 것 같으니, 제 차로 공항에 데려다주려고 합니다. 불편하신가요?"

"아니, 그렇게 해주시면 고맙지만 좀 귀찮으실 것 같아서요."

"괜찮습니다. 원래 당연히 제가 해야 되는 일이니까요. 그러면 내일 아침에 뵙도록 하지요."

엘리베이터 문이 닫히고 케이트가 내려가자 창준이 길게 한숨을 내쉬었다.

그리고 약간 열기가 느껴지는 시선으로 집에 있을 사람들을 바라봤다.

내일도 같이 움직이게 될 터였다.

방금 전처럼 곤란한 상황을 만들지 않기 위해서라도 충분히 주의를 줘야 할 것 같다는 생각이 들었다.

'아무리 어머니라고 하지만 이건 정말 심하거든요!'

창준은 마치 전투에 들어가는 병사처럼 비장한 얼굴로 문을 열고 집으로 들어갔다.

CHAPTER
02

소결

ALCHEMIST

중국 베이징의 모처.

넓은 연무장에 한 여자가 홀로 서 있다.

이제 20대 중반 정도의 여자는 누가 보더라도 미인이라고 할 수 있을 정도로 아름다운 미모를 가지고 있었다.

그녀의 손에는 검이 한 자루 들려 있었다.

눈을 감고 가만히 서 있던 여자가 천천히 검을 들어 올리면서 움직이기 시작했다.

부드러운 움직임에 맞춰 검을 휘두른다.

그 모습은 너무나 아름다워 마치 검무(劍舞)를 추는 것처럼 보였다.

하지만 단순히 보여주기 위한 검무가 아니었다.

그것은 검에서 일어나는 날카로운 예기와 순간순간 지켜보는 사람의 등골을 오싹하게 만드는 묘한 기운에서 알 수 있었다.

연무장 위에서 이리저리 발걸음을 옮겨가며 춤추듯이 검을 움직이기 시작했다.

어느새 공기가 무거워지고 숨이 막혀 왔다.

그녀는 무인이었다.

춤추듯이 검을 수련하던 여자가 갑자기 검을 멈추었다.

그리고 연무장으로 들어오는 문을 바라봤다.

잠시 후 그녀가 바라보는 문이 열리며 40대의 평범하게 보이는 남자가 들어왔다.

"응? 연무 중이었나? 조금 곤란한 시간에 찾아온 모양이군."

"아닙니다."

여자는 들고 있던 검을 검집에 패검하고 연무대에서 내려와 남자에게 다가갔다.

"여기까지 무슨 일입니까?"

"오랜만에 봤는데 인사도 하기 전에 본론부터 말해달라는 건가?"

농담을 건네는 것 같았다.

그러나 여자는 무표정한 얼굴로 그를 바라볼 뿐이었다.

그런 여자의 모습에 포기했다는 것처럼 남자는 두 손을 들어 보였다.

"이러니 빙화(氷花)라고 불리지. 아무튼 심심해서 찾아온 것은 아니고, 임무가 내려왔다."

여자는 눈살을 곱게 찌푸렸다.

"당분간 임무는 없을 것이라고 들었는데요."

"미안하지만 급한 일이야. 심지어 갑종(甲種)에 분류되는 일이지."

갑종이라는 말에 여자의 눈이 예리하게 변했다.

갑종은 1급에 해당하는 것으로 국가적인 관심사에 부가되는 번호였다.

그러니 그녀의 이런 반응은 당연하다고 할 수 있었다.

"무슨 일인지 설명을 해주십시오."

"자세한 내용은 나중에 서류를 보면 되고, 간단하게 설명을 하자면……."

남자의 얼굴이 진지하게 변하더니 매우 조심스럽게 말했다.

"반영검이 유출되었다."

"…설마 구야자(區冶子)의 반영검을 말씀하시는 건가요?"

구야자는 고대 춘추시대 월나라 사람이었다.

중국 역사상 가장 뛰어난 야공(冶工, 대장장이)으로 알려진 사람이다.

흔히 사람들이 알고 있는 담로(湛盧), 어장(魚腸), 승사(勝邪)와 같이 전설적인 검이 바로 그가 만든 것이다.

반영검은 월왕의 명에 의해서 구야자가 만든 검 중에 하나였다.

그가 만든 전설적인 검들과 조금 다르게 주인을 상하게 하는 마검(魔劍)으로도 유명하다.

"맞아, 구야자의 반영검이."

"반영검이 도굴되었다는 말이군요."

전설에 따르면 반영검은 월나라 합려의 딸이 죽을 때 무덤에 같이 묻혔다고 전해진다.

"그건 모르지. 과연 전설처럼 무덤에 묻혔는지, 아니면 어딘가 산에 묻혀 있다가 발견되었는지. 중요한 것은 국보급 문화재가 그 진가를 알지도 못하는 어떤 놈팡이에게 있다는 것이고, 반드시 찾아와야 한다는 것이다. 특히 검의 능력을 뽑아내기라도 한다면… 마검을 든 미친놈이 도시에서 연쇄 살인을 벌일지도 모르지."

"이런 일은 다른 사람이 해도 되는 것 아닌가요?"

"그러고 싶은데, 상대가 안 좋아. 꽤나 거물이라서 문제가 생기면 미국과 분쟁이 될 여지가 있거든. 현재 믿을 수 있는 자원 중에서 일이 없는 사람은 소결, 당신밖에 없어."

남자의 말에 소결이라 불린 여자는 인상을 살짝 찌푸렸다가 폈다.

작은 한숨을 쉬는 것으로 마음을 다잡은 소결이 물었다.

"알겠습니다. 자세한 내용은 서류를 주시고, 제가 어디로 가야 하는지나 먼저 알려주시지요."

"미국에 있는 환락의 도시라고 하더군."

"…라스베이거스?"

"정답이야."

＊　　　＊　　　＊

아침에 케이트의 차를 타고 인천공항으로 가는 중에는 다행히 어제와 같은 질문은 나오지 않았다.

창준이 밤에 입단속을 시킨 것이다.

그리고 이렇게 해외로 여행을 가는 것이 처음인 어머니

와 은미가 조금 긴장한 탓도 있었다.

인천공항 고속도로를 타고 가면서 멀리 공항이 보이기 시작했다.

그러자 은미는 눈을 반짝거리며 그것을 뚫어져라 바라봤다.

"엄… 청나게 크다!"

인천공항을 처음 본 은미가 입을 쩍 벌리며 말했다.

사진으로 보는 것과 직접 보는 것은 아무래도 큰 차이가 있게 마련이다.

창준은 그런 은미를 보면서 작게 웃다가 어머니에게 물었다.

"어머니도 인천공항은 처음이시죠?"

"그렇지. 김포공항은 가본 적이 있었지만……."

은미처럼 놀란 표정을 드러내지는 않았다.

하지만 어머니도 점점 거대하게 보이는 인천공항의 모습이 신기한지 약간 건성으로 대답하면서 공항을 바라보기만 했다.

주차장에 차를 세운 케이트는 창준과 가족들이 짐을 내리는 것을 돕고, 같이 인천공항 내부로 향했다.

꽤 이른 시간이지만 인천공항에는 많은 사람으로 붐비고 있었다.

"티켓팅을 먼저 하도록 하지요."

케이트의 말에 고개를 끄덕인 창준이 은미와 어머니를 찾아보았다.

두 사람은 인천공항을 이리저리 훑어보고 있었다.

공항에 처음 온 티를 내는 모습에 창피하다고 느낄 수도 있는 상황이었다.

하지만 창준은 그저 피식 웃을 뿐이다.

그에게 가족이 창피할 리가 없으니 말이다.

창준은 은미와 어머니를 데리고 미리 예매를 했었던 한 국항공사 카운터를 향했다.

보통 카운터에는 퍼스트클래스를 예매한 사람들만 이용 가능한 곳이 있다.

그리고 그 외의 자리를 예매한 사람들이 이용하는 곳이 따로 있다.

창준은 비즈니스 석을 예약했었기에 가족과 함께 길게 늘어선 곳에 줄을 섰다.

사람이 많지 않아서 줄은 빠르게 줄어들었고 이내 창준의 차례가 되었다.

먼저 창준의 표를 확인하던 항공사 직원이 고개를 갸웃거렸다.

그리고 잠시 기다려 달라고 말하곤 바쁘게 뭔가를 알아

보았다.

창준이 무슨 일인지 알아보기 전에 케이트가 먼저 나섰다.

그녀는 항공사 직원과 얘기를 하기 시작했다.

그리고 잠시 후 케이트가 창준을 힐끔 바라보더니 물었다.

"혹시 결제를 센츄리온 카드로 하셨나요?"

"글쎄요… 아마도 그럴 거예요. 무슨 문제라도 생긴 건가요?"

"그런 건 아니고요. 전에 한 번 말씀 드렸던 적이 있었는데 잊고 계셨나 보네요."

"뭐를 잊고 있었다는 말인지……."

"카드 혜택이요. 센츄리온 카드를 가지고 있는 사람은 퍼스트클래스로 자동 업그레이드가 된다고 했었잖아요."

"아!"

그러고 보니 분명히 그런 얘기를 했었던 기억이 있었다.

딱히 외국을 나갈 일이 있을 것이라 생각하지 않았기에 의식하지 못했던 카드의 혜택 중에 하나다.

"그러면 지금 업그레이드 하는 중인가요?"

"네, 그러고 있다고 하네요. 아마 센츄리온 카드가 생긴 이후로 비즈니스 석을 예매한 경우는 처음일 거예요."

그럴지도 모른다.

일단 이 카드를 가지고 있는 사람 중에 퍼스트클래스가 아닌 다른 좌석을 예매할 사람은 없을 테니까 말이다.

어쨌든 약간의 소동을 끝내고 표를 받은 창준과 가족들의 손에는 퍼스트클래스라고 인쇄된 항공권이 들려 있었다.

"퍼스트클래스! 일등석!"

여전히 은미는 평소처럼 퍼스트클래스라는 것에 감동하면서 요란하게 즐거워했다.

아직 출발까지는 꽤 많은 시간이 남아 있다.

이렇게 여기 있어 봤자 딱히 할 일도 없었다.

안에 있는 면세점에서 쇼핑이라도 하기 위해서 출국 수속을 하기로 했다.

창준은 먼저 어머니와 은미에게 들어가라고 하고 케이트와 잠시 얘기를 나눴다.

"전화는 언제든지 가능하니까 회사에 문제가 있다든지 중요한 일이 있으면 연락을 주세요."

"알겠습니다."

"혹시 주변 분위기가 이상하다 싶어도 바로 연락을 줘야 합니다."

이미 한 번 납치라는 끔찍한 경험을 해버렸으니, 두 번은 그런 일이 없도록 해야 됐다.

창준이 없을 때 그런 일이 일어나면 이번에는 시간에 맞춰서 그녀를 찾을 수 없을 것이다.

걱정스러운 감정을 담아서 말하는 창준의 모습을 케이트는 잠시 바라보았다.

그러다 그의 시선을 살짝 피하며 고개를 작게 끄덕였다.

이외에도 소소한 몇몇 사항에 대해서 당부를 한 창준은 마지막으로 손을 흔들었다.

그리고 은미와 어머니가 들어간 출국게이트로 들어갔다.

출국심사를 마치고 나오니 은미와 어머니가 기다리는 것이 보였다.

"왜 이렇게 늦었어?"

"내가 없는 동안 회사 일에 대해서 당부할 말이 있어서 그랬어."

"흐음… 정말이야? 혹시 헤어지기 아쉬워서 그런 건 아니고? 게이트를 앞에 두고 서로를 마음에 담아둔 남녀가 사랑의 속삭임을… 꺄악!"

이상한 상상을 하면서 호들갑을 떠는 은미를 보는 창준

은 한심하다는 눈이었다.

"혼자 드라마 찍고 있냐? 쓸데없는 말은 그만하고 면세점에서 사야 될 것이 있는지 구경해 봐."

"딱히 살 게 있겠니?"

"그래도 한번 봐봐요. 아무래도 세금이 붙지 않으니까 밖에서 사는 것보다 싸게 살 수 있거든요."

창준의 말에 못 이기는 척 면세점을 둘러보러 은미와 함께 나서는 어머니였다.

하지만 그런 모습도 잠시.

은미와 면세점을 둘러보던 어머니는 면세점의 싼 가격에 매료되어 버렸다.

"어머, 어머! 스킨로션이 이렇게 싸네!"

"엄마! 여기도 봐봐! 이거 메이커 아니야? 엄청 싸다!"

창준은 두 여자가 정신없이 물건을 구경하는 것을 보면서 기꺼이 짐꾼의 역할을 다하려고 준비를 했다.

어머니와 은미는 누가 봐도 당장 구매할 사람의 모습이었으니 말이다.

하지만 예상과는 다르게 어머니와 은미는 싸다는 것에 감동을 했을 뿐, 무언가 구매를 하지는 않았다.

겨우 어머니가 화장품 몇 개를 구매했고, 은미는 몇천 원짜리 액세서리 두 개를 샀을 뿐이다.

"설마 이게 다는 아니겠죠?"

"응? 이거면 됐어."

"아니, 왜요? 밖에서 사는 것보다 훨씬 싼데……."

"딱히 필요하지도 않은 것들을 살 필요는 없지 않겠니? 이 정도면 충분해."

"맞아, 나도 기념으로 이거만 있으면 돼."

정말 미련이 없다는 것처럼 웃으며 서 있는 어머니와 은미였다.

그런 두 사람을 보던 창준은 어이가 없어 허탈하게 웃었다.

흔히 면세점에서 필요한 것들을 잔뜩 사거나 명품을 싼 가격에 구매하는 다른 사람들과 너무나 비교되는 두 사람이었다.

생각보다 빨리 쇼핑을 마친 두 사람 때문에 시간이 꽤 많이 남고 말았다.

지금 게이트로 가면 멍하니 의자에 앉아 있기만 해야 되었다.

너무 빨리 공항으로 왔다고 조금은 후회가 들었다.

어쩔 수 없이 일단 게이트로 가는 수밖에 없었다.

"그러면 가서 비행기나 기다리도록 해요."

창준의 말에 어머니와 은미가 그를 따라서 게이트를 향

했다.

그런데 게이트를 향해 걸어가던 창준의 눈에 한국항공 퍼스트클래스 라운지가 보였다.

'분명히 비즈니스 이상이면 해당 라운지를 사용할 수 있다고 했었지?'

인터넷으로 항공권을 예매하면서 라운지를 이용하는 방법을 봤던 기억이 났다.

어차피 시간이 많이 남았으니 퍼스트클래스 라운지를 이용하는 것이 좋을 것 같았다.

"어머니, 잠깐만요. 아마 우리도 저기를 이용할 수 있을 것 같은데, 한번 확인해 볼게요."

창준은 어머니에게 말하고 퍼스트클래스 라운지로 들어갔다.

알아보는 것은 그리 오래 걸리지도 않았다.

라운지에 들어가자마자 안내 데스크에 앉아 있는 여직원에게 들고 있던 퍼스트클래스 항공권을 보여주는 것으로 인증이 끝났으니 말이다.

퍼스트클래스 라운지를 이용할 수 있다는 것이 확인되자 얼른 어머니와 은미도 들어오도록 말했다.

안으로 들어가자 고급스럽고 깔끔한 인테리어에 넓은 라운지가 눈에 들어왔다.

아침 시간이라 사람이 없어서 그런지 더욱 넓은 느낌이었다.

"와… 넓다! 엄마, 창밖으로 비행기들이 보여!"

은미는 창가에 매달려서 감탄을 하다가 부산하게 넓은 라운지를 돌아다니면서 구경했다.

은미가 어머니를 대신해 더 놀라주는 것처럼 보일 지경이었다.

라운지는 창준도 처음이라서 꽤 흥미로운 눈으로 구경하고 다녔다.

라운지 안에는 편히 앉을 수 있는 의자들이 가지런하게 놓여 있었다.

텔레비전을 감상할 수 있는 방, 안마의자가 있는 방도 있었다.

심지어 샤워실도 있어서 마음껏 샤워도 할 수 있었다.

배고픈 사람들은 요기를 하도록 뷔페식으로 과일이나 빵, 간단한 요리가 준비되어 있었다.

"어때요?"

창준이 이리저리 고개를 돌려가며 구경을 하는 어머니에게 물어보았다.

어머니는 조금 걱정스러운 얼굴을 보였다.

"좋기는 한데… 너무 돈을 많이 쓰는 것은 아닌지 걱정이

구나."

"걱정 마세요. 항공권이 자동으로 업그레이드가 됐다는
것은 들었잖아요. 여기는 업그레이드된 항공권을 가지고
있으면 무료로 이용하는 곳이니까 돈이 들어가는 것도 아
니에요."

"그러면 다행이지만… 미국에서도 돈을 너무 많이 쓸 필
요는 없다. 우리는 그런 곳에 가는 것만으로도 충분히 만족
하니까 말이다."

"에이… 걱정 마시라니까요."

이런 말을 들으면 가끔 어머니에게 자신이 가진 재산에
대해서 얘기하고 싶은 생각도 들기도 한다.

하지만 다시 생각해 보면 어머니는 창준에게 많은 돈이
있다고 하더라도 똑같은 얘기를 하실 분이셨다.

'돈이라는 것이 함부로 쓰게 되면 한순간에 없어진다고
더 아끼실 분이지.'

어머니도 더 이상은 아무 말을 하지 않았다.

비행기 시간이 될 때까지 어머니는 안마의자에 앉아서
안마를 받으셨다.

은미는 라운지에 마련된 음식들을 맛보기에 여념이 없었
다.

창준은 차려진 음식 이것저것을 다 맛보는 은미 맞은편

에 앉아서 슬쩍 입을 열었다.

"그렇게 많이 배고팠어?"

"아니, 내가 언제 이런 곳에 와서 또 이렇게 고급스러운 음식을 먹어보겠어? 이렇게 차려져 있을 때 충분히 혀를 즐겁게 해줘야지."

원하기만 한다면 매일이라도 사줄 수 있는 창준이다.

물론 그렇게 하지는 않겠지만 말이다.

"그래서? 맛은 있고?"

"음… 아니. 안 먹어봐서 그런 것인지, 아니면 내 입맛에 안 맞는 건지, 그것도 아니면 음식이 맛이 없는 건지 모르겠네."

"말은 그렇게 하면서도 꾸준히 계속 잘 먹고 있네."

"말했잖아. 언제 먹을지 모르는 음식들이니 이 기회를 충분히 이용해야 한다니까."

"그래도 적당히 먹어라. 나중에 비행기에서 나오는 기내식은 어떻게 먹으려고 그러냐?"

그 말에 은미는 씨익 웃어 보였다.

"내가 다 알아봤거든. 듣자 하니 기내식이 그렇게 맛이 없다며? 그래서 여기서 충분히 먹고 기내식은 대충 맛만 보려고."

틀린 말은 아니다.

기내식이 그렇게 맛있는 수준이 아니라는 평은 전 세계 모든 비행기를 대상으로 하더라도 비슷하니 말이다.

하지만 창준은 퍼스트클래식에서 나오는 기내식은 조금 다르지 않을까 생각을 했다.

확신이 없기에 딱히 뭐라고 말을 하지는 않았지만.

그렇게 시간을 보내고 탑승 시간이 다가와서야 창준과 가족들은 라운지에서 나와 탑승 게이트가 있는 곳으로 걸어갔다.

창준과 가족들은 길게 줄을 설 필요가 없었다.

퍼스트클래스 전용 입구를 통해서 빨리 비행기에 들어갈 수 있었다.

퍼스트클래스도 등급이 있는데 창준과 가족들이 타는 곳은 가장 등급이 높은 코스모 스위트였다.

두 명이 앉아도 될 것 같은 의자는 컨트롤 패널을 이용해서 전동으로 조정이 가능했다.

침대처럼 180도 펴지기도 하니, 원한다면 누워서 갈 수 있을 정도로 좋은 좌석이었다.

이것을 본 은미가 또 환호성을 지를 것처럼 얼굴이 상기되었다.

그러다 안내를 하는 스튜어디스를 보고는 입을 꾹 다물고 좌석에 조용히 앉았다.

창피한 것은 조금 아는 모양이었다.

'이제 10시간 정도만 비행하면 도착이구나.'

창준은 조용히 앉아서 눈을 감았다.

*   *   *

미국 버지니아주 랭글리.

이곳에 있는 건물 중에서 세계적으로 가장 유명한 곳이 바로 중앙정보국(Central Intelligence Agency)이다.

1942년 미국전략사무국(Office of Strategic Services)이라는 이름으로 운영되다가 1947년 트루먼 대통령이 국가안전보장법에 의거하여 만든 중앙정보국은 통칭 CIA라는 약자로 불리고 있다.

영화들로 인해 첩보라는 말을 들으면 가장 먼저 떠오르는 곳 중 하나가 된 CIA는 1974년 정보자유법이 개정되면서 많은 부분을 세상에 공개했다.

그러나 1984년 이후 중앙정보국 정보법이 통과되면서 현존하는 가장 거대하고 은밀한 기관으로 명성을 떨치게 되었다.

중앙정보국은 작전부, 과학기술부, 정보부, 그리고 집행부까지 네 개의 부서로 이루어져 있다.

그런데 세상에는 알려지지 않고 중앙정보국 내부에도 알려지지 않은 부서가 하나 더 있었다.

지하에 비밀리에 위치한 그 부서에서 움직임이 있었다.

검은 피부의 커다란 덩치를 가진 흑인이 바쁘게 서류를 보고 있었다.

그의 책상 앞에는 흔한 명패도 없었기에 이름을 알 수 없었다.

똑똑!

"들어오시오."

사무실 문을 누군가 두드리자 흑인은 고개도 들지 않고 말했다.

들어온 사람은 검은 정장을 입은 남자였다.

그 남자는 사무실에 들어오자마자 흑인이 앉아 있는 책상으로 다가가 서류철 하나를 올려놨다.

"한국에 있는 주요관찰의 자료입니다. 그리고 대상이 이동을 시작했습니다."

흑인은 남자가 내려놓은 서류를 펼쳤다.

그 안에는 창준이 찍혀 있는 사진들과 세부 내용이 적힌 서류가 있었다.

흑인은 빠르게 서류를 읽으며 말했다.

"그때 얘기했던 MI-6에 연결되어 있는 것으로 생각되는 그 사람인가?"

"맞습니다."

"흐음… 겉으로는 전혀 요원처럼 보이지 않는군."

"하지만 이미 MI-5 소속인 올리비아 브리스톨과 몇 번에 걸쳐서 개인적인 만남을 가졌다고 합니다."

"그 정도 가지고 판단을 하기에는 부족한 것 같은데?"

"자료를 잘 살펴보시면 아시겠지만, 현재 주요 관찰 대상이 만든 제품이 있습니다. 저희 연구진이 그 제품이 기술적으로 가능한 것인지 확인을 했지만 단순히 기술적인 능력만으로 만드는 것은 불가능에 가까운 오버 테크놀로지라고 합니다. 아마도 유럽 쪽에서 사용한다는 리들 에너지를 이용한 특수한 제품으로 판단된다고 덧붙였습니다."

"그러면 영국이 리들 에너지를 이용해 오버 테크놀로지에 가까운 성능을 내는 제품을 만들 능력을 갖게 되었다는 말인가?"

"관찰 대상이 한국에서 태어나고 자란 것으로 생각하면 조금 의혹은 있으나 그렇게 보는 것이 가장 타당합니다. 저희가 주목을 하기 전에 어떤 일이 있었는지 정확하게 파악을 하기는 어렵기 때문입니다."

심각한 얼굴로 서류를 보면서 흑인이 다시 물었다.

"다른 의혹은?"

"그가 가진 재산이 이상할 정도로 많습니다. 정확하지는 않지만 대략적으로 약 14억 불에 가까운 금액을 재산으로 가지고 있습니다. 심지어 그 금액은 국가에 신고도 되지 않은 돈이었습니다."

"유산을 받은 것은 아니고?"

"그리 부유한 집안은 아니었습니다."

흑인은 손에 들고 있던 서류를 내려놨다.

"이상하군, 정말 의혹투성이야. 그런데 한국의 NIS는 그렇다고 하더라도 어떻게 지금까지 우리의 시선에 들어오지 않았던 것이지?"

"일단 재산에 관련해서 누군가 광범위하고 복잡하게 돈세탁을 하고 있었습니다. 얼마나 은밀한지 저희도 표적으로 대상을 조사하지 않았으면 의혹을 밝히지 못할 정도였습니다. 그리고 그의 신원에 대해서는… MI−6에서 보호를 하고 있었습니다."

"재미있군. 갑작스럽게 14억 불이나 되는 거금을 갖게되었고, MI−6의 요원처럼 보이지는 않지만 MI−6에서 정보 보호를 해주는 사람이라… 꽤 거물이라는 얘기인 것 같은데 말이야. 그 돈은 추적해 봤나?"

"추적은 했으나 돈의 출처는 불분명합니다. 다만 추측은

해볼 수 있는 것이 있는데… 그러면 더 복잡하게 변하더군요."

"얘기해 봐."

흑인의 말에 남자는 숨을 크게 들이쉬었다가 입을 열었다.

"카타르의 알타니 왕가 소속인 자이드 빈 하마드 왕자가 딸의 불치병을 고쳤다는 소식을 알고 계십니까?"

"알고 있지. 그 사람은 요주의 대상 중 하나였으니까."

"딸의 병을 고친 것이 라스베이거스에서 열렸던 비밀 경매가 있은 후라고 합니다. 여기서 주목할 점은 그 비밀 경매에서 경매에 부쳐졌던 것들 중에 하나가 바로 엘릭서라고 합니다."

"잠깐! 엘릭서? 설마 그 엘릭서를 말하는 것인가?"

초자연적인 부분을 다루는 부서였다.

엘릭서라는 것이 무엇을 말하는 것인지 모를 리가 없다.

"그건 확인되지 않았습니다. 정말 엘릭서인지 아니면 엘릭서라는 이름을 가진 어떤 약을 말하는 것인지……."

"으음… 계속해 봐."

"아무튼 그 경매에서 세 개의 엘릭서가 팔렸다고 하는데, 그중 하나를 바로 하마드 왕자가 구매했다고 합니다. 다른 두 개는 행방이 묘연합니다. 그리고 중요한 점은 그곳에서 팔린 엘릭서 세 개의 가격이 모두 합쳐 14억 불 상당 된다고 합니다."

"…그러니까 엘릭서를 판 것이 바로… 창준? 이 창준이라는 사람일 수 있다는 말인가?"

"정확하게 어떤 정보가 나온 것은 아니지만, 정황상 그렇게 짐작을 할 수 있습니다."

"그러면 모든 추측이 맞다고 했을 때, 또 하나의 생명을 얻게 할 수 있는 엘릭서의 위치를 알거나 혹은 그것을 만들 수 있는 사람이라는 말이군."

혹인은 골치 아픈 표정을 지으며 자신의 관자놀이를 꾹꾹 눌렀다.

단순히 MI-6의 보호를 받는 것이나 리들 에너지를 이용한 제품을 만들었다는 점만 하더라도 충분히 주목할 사람이었다.

그런데 심지어 엘릭서를 만들 수 있는 사람이란 것까지 추가되니 보통 거물이 아닌 것 같다는 생각이 들었다.

"라스베이거스는 왜 오는 건가? 설마 또 그 엘릭서를 팔려고 오는 것인가?"

"그건 확실하게 모르겠습니다. 겉으로는 가족들과 함께 여행을 오는 것처럼 보이고 있습니다. 참고로 그동안 관찰 대상의 움직임을 토대로 판단했을 때, 가족들은 관찰 대상의 능력이라든지 재산에 대해서는 자세히 모르고 있는 것 같습니다. 그렇게 많은 재산을 가지고 있음에도 불구하고 그 어머니는 아직 보험회사의 일개 판매원이라고 하니 말입니다."

그건 충분히 그럴 수 있다.

예를 멀리서 찾을 것도 없다.

이곳 CIA에만 하더라도 자신의 남편, 아버지, 아들이 요원인지 모르는 집이 태반이었으니 말이다.

잠시 고민하던 흑인은 고개를 들고 말했다.

"그에게 식별코드를 부여하고 밀착 감시를 하도록 하게."

"알겠습니다. 식별코드는 KE로 구분하도록 하겠습니다."

"그리고… 헨릭 요원은 복귀했나?"

"네, 얼마 전에 복귀했습니다만……."

"그러면 헨릭 요원에게 기회가 생기면 은밀하게 접촉을 하도록 지시하게."

흑인의 말에 남자가 당황하는 표정을 지었다.

"하지만 아시다시피 그는 이런 임무에 어울리지 않습니다. 항상 과하게 손을 쓰는 그런 사람인데……."

"이렇게 꼭꼭 숨기고 있는 사람에게는 그런 자가 오히려 결과를 얻기 쉬운 면도 있지. 그러니 내 말대로 시행하게."

　"…알겠습니다."

CHAPTER
03

관광

ALCHEMIST

라스베이거스 매케런 국제공항.

"피곤하지는 않으세요?"

"전! 혀! 지금 당장 관광하러 가도 될 것 같아."

짐을 찾아 출국게이트를 향해 걸어가면서 창준이 어머니에게 물었다.

하지만 대답은 어머니가 아니라 은미가 했다.

"학교 친구들한테 미국에 간다고 하니까 긴 시간 동안 비행기를 타야 되고 시차도 있어서 피곤할 거라고 하던데, 나는 전혀 그런 게 없어."

"너한테 물었던 게 아니거든. 너는 당연히 아무렇지 않겠지. 십 대인 네가 피곤할 리가 있겠냐?"

"내 걱정은 할 필요 없다. 나도 전혀 피곤하지 않으니 말이다."

어머니가 웃으며 말했다.

아마 창준이 만든 엘릭서를 이용해 병만 고쳐졌었다면 당연히 피곤했을 것이다.

하지만 몸에 있던 노폐물이 깨끗이 씻겨 나간 어머니의 몸은 조금 과장하면 거의 20대에 가까운 상태였다.

그리고 무엇보다 퍼스트클래스 좌석을 이용해서 여기까지 왔다는 점도 컸다.

좁은 좌석에서 불편하게 왔으면 피곤했을 테지만, 그들이 이용한 퍼스트클래스는 침대처럼 180도 펼쳐지는 좌석이었다.

그저 푹 한숨 자고 일어나니 도착했다고 봐도 됐다.

"오빠, 엄마도 괜찮다고 하는데 우리 바로 관광하러 가자."

"기다려, 일단 호텔로 가서 짐 내려놔야 하잖아. 관광할 시간은 엄청 많으니까 나중에 지겹다며 한국으로 빨리 가자고 하지나 마라."

두런두런 얘기를 하면서 출국게이트를 통과해서 나왔다.

출국게이트 밖에는 몇몇 사람이 도착하는 가족이나 친지 등을 기다리며 서 있었다.

창준은 자신을 기다리는 사람이 있을 것이라 생각하고 있지 않았기 때문에 전혀 관심을 기울이지 않고 그들을 스쳐 지나가려고 했다.

그런데 은미가 창준의 옷을 잡아당겼다.

"오빠, 저거 오빠 이름 아니야?"

"응? 내 이름? 에이, 설마……."

은미가 가리키는 방향을 바라보니 정장을 입은 건장한 흑인 한 명이 고급스럽게 생긴 이름판을 들고 있었다.

그 이름판에는 분명히 창준의 이름이 적혀 있었다.

그것도 영어와 한글, 두 가지로 말이다.

"어? 진짜 내 이름이네."

"이야! 오빠 마중 나오는 사람도 있나 보네. 대단하다!"

은미의 반응은 장난으로 과장해서 말하는 모습이었다.

동명이인인 사람이 같은 비행기를 타고 왔을 것이라 생각하고 장난을 치는 것이다.

하지만 그들이 자신을 바라본다는 것을 느꼈는지 건장한 흑인이 창준 쪽으로 시선을 주었다.

그리고 손에 들린 사진을 확인하더니 다가오는 것이 아

닌가.

혹인은 창준의 앞에서 사진을 한 번 더 보고 비교를 하더니 물었다.

"미스터 킴? 당신이 창준입니까?"

대체 이 남자가 누군데 자신의 이름을 알고 사진까지 가지고 있는 것인지 알 수 없었다.

"아… 제가 창준이 맞는데… 누구시죠?"

"만나서 반갑습니다, 저는 레브라고 합니다. 맥데이드 회장님의 지시로 당신을 모시러 왔습니다."

"맥데이드? 패트릭이 당신을 보냈다고요?"

전혀 생각하지도 못했던 패트릭의 이름이 나오자 창준은 조금 당황했다.

하지만 곧 그가 어떻게 자신이 라스베이거스로 온다는 것을 알았는지 짐작할 수 있었다.

'케이트……'

그녀가 패트릭에게 창준의 여행에 대해 보고를 한 것이 분명했다.

현재 케이트는 자신의 밑에서 일을 하고 있기는 하지만 엄연히 패트릭의 사람이다.

그러니 그에 대해서 보고를 한다고 하더라도 어쩔 수 없는 일이다.

조금 당황하기는 했으나 이런 일 때문에 그녀에게 실망을 하지는 않았다.

　　옆에 있던 어머니가 창준에게 물었다.

　　"아는 사람이니?"

　　"이 사람은 모르는 사람이고, 대신 이 사람을 보낸 사람은 알고 있는 사람이네요."

　　"누군데?"

　　"음… 저번에 잠깐 얘기했던 사람 있잖아요. 미국에 사업상 파트너가 있다고요. 그 사람이 내가 온다는 것을 들었는지, 이렇게 사람을 보냈네요. 일단 가시죠."

　　먼저 얘기를 하지 않고 초대를 한 점은 조금 마음에 들지 않지만, 그렇다고 이렇게 사람까지 보내서 마중을 나왔는데 거절하는 것도 이상하다.

　　창준과 가족들이 레브라는 남자를 따라서 공항을 나오자 그들의 눈앞에 확 들어오는 차가 있었다.

　　"오빠… 이거 리무진인가 하는 차 아니야?"

　　은미가 다른 차의 두 배는 넘는 길이를 가진 리무진을 보고 눈을 동그랗게 뜨면서 물었다.

　　레브는 창준과 가족들의 짐을 트렁크에 신속하게 싣고 차문을 열어줬다.

　　은미와 어머니는 약간 얼떨떨한 얼굴로 어색하게 리무진

에 올라탔다.

창준도 타자 레브는 차문을 닫고 운전석에 올라타 부드 럽게 운전하기 시작했다.

차가 이동하는데도 은미와 어머니는 창밖을 보지 않았 다.

리무진 내부를 둘러보기 바빴기 때문이다.

내부는 대단히 화려했다.

전체적으로 화이트 색상으로 이뤄져 있었고, 마치 소파 처럼 길고 푹신한 의자가 한쪽을 차지하고 있었다.

의자 맞은편에는 고급스러운 디자인의 작은 바가 있는 데, 그 위에는 거의 장식처럼 보일 정도로 예쁜 잔들이 깔 끔하게 놓여 있었다.

"세상에… 내가 리무진도 타보다니… 엄마, 지금 나 꿈꾸 고 있는 건 아니지?"

"…그건 내가 묻고 싶구나. 창준아, 네 파트너라는 사람 이 엄청 부자인 모양이구나."

어머니는 리무진의 고급스러움에 압도됐는지 많이 놀라 신 것 같았다.

리무진은 당연히 부자들이 많이 타기는 하지만, 라스베 이거스에서는 이벤트를 위해서 리무진을 렌트하여 타는 사 람이 많으니 꼭 리무진을 탄다고 부자를 의미하는 것은 아니다.

물론 패트릭은 엄청난 부자가 맞기는 하지만 말이다.

공항을 출발한 리무진이 어느새 라스베이거스의 중심가에 들어서고 있는 것을 확인한 창준은 리모컨을 이용하여 운전석과 연결된 창문을 열었다.

"레브, 팔라조(Palazzo) 호텔로 가시면 됩니다."

"죄송하지만 맥데이드 회장님께서는 당신과 가족들을 윈(Wynn) 호텔로 모시라고 하셨습니다. 그냥 팔라조 호텔로 갈까요?"

창준은 잠시 고민했으나 결론은 쉽게 나왔다.

미리 연락을 하고 초대한 것은 아니지만 초대를 했으니 무슨 생각인지 들어는 봐야겠다는 결론이었다.

"윈 호텔로 가시죠."

"네, 알겠습니다."

윈 호텔은 2005년에 완공된 지어진 호텔로 공사비만 2조 700억 원이 넘게 들어간 호화스러운 곳이다.

그렇게 어마어마한 돈이 들어간 호텔이라는 사실은 입구의 고급스러움에서부터 확연히 드러날 정도였다.

호텔에 도착하자 입구에 있는 동양적인 사자상이 보였다.

반대쪽에는 말의 동상이 있어 시선을 확 끌어모았다.

심지어 아직 호텔 입구에 들어가지도 않았는데, 천장에는 화려한 샹들리에가 고고한 자태를 뽐내고 있었다.

리무진에서 창문으로 그것을 멍하니 보고 있으니 호텔 벨보이 한 명이 다가와 문을 열어줬다.

은미와 어머니는 리무진에서 내려서도 이리저리 시선을 돌려가며 아름다운 호텔 외관을 한껏 즐겼다.

창준이 리무진에서 내리자 고급 정장을 입은 중년의 백인이 다가왔다.

"윈 호텔을 방문하신 것을 환영합니다, 미스터 킴. 저는 이 호텔의 지배인인 브렛 컬린입니다."

"안녕하십니까, 미스터 컬린."

"그냥 브렛이라고 불러주십시오, 숙소로 안내해 드리도록 하겠습니다."

편안한 미소를 보인 브렛이 한쪽에 있는 벨보이에게 가볍게 손짓을 하자 서둘러 다가와 창준과 가족들의 짐을 들었다.

브렛을 따라서 호텔 안으로 들어가자 형형색색의 아름다운 꽃들로 꾸며진 작은 정원이 보였다.

자신도 모르게 화려하다고 말할 정도로 아름답고 고급스럽게 꾸며진 로비가 눈에 들어왔다.

창준은 전에 이곳을 한 번 구경했던 기억이 있어서 딱히 어떤 감흥이 있지는 않았다.

하지만 라스베이거스에 처음 와보고 무엇보다 이렇게 화려한 호텔은 한 번도 보지 못한 어머니와 은미는 입을 떡 벌리기 충분했다.

은미와 어머니의 모습은 이전에 미라지 호텔에 처음 들어왔던 창준의 모습과 그리 다르지 않았다.

아마 창준도 라스베이거스에 처음 온 것이라면 같이 놀라고 있을지 모르는 일이다.

화려한 로비를 지나 엘리베이터를 타고 이동한 창준과 가족들은 지배인 브렛을 따라 방으로 안내가 되었다.

문을 열고 먼저 들어간 브렛이 창준과 가족들이 들어오도록 옆으로 비켜서면서 말했다.

"이곳 윈 호텔 타워스위트에서 가장 큰 살롱스위트입니다."

검은 대리석으로 만들어진 바닥과 한눈에도 비싸 보이는 카펫, 붉은색의 인테리어는 고급스럽고 조화롭게 잘 꾸며져 있었다.

특히 전면의 붉은 커튼이 자동으로 열리면서 보이는 라스베이거스 전경은 처음 본 사람들은 입을 쩍 벌릴 정도였다.

특별한 스위트룸임을 증명이라도 하는 것처럼 침실이 두

개였고, 어지간한 집의 방보다 큰 화장실에 마사지를 받을 수 있도록 따로 만들어진 마사지룸은 사치의 극치였다.

어머니와 은미가 화려한 방을 구경하려고 이리저리 돌아다니는 사이, 브렛이 어딘가로 전화를 걸었다가 창준에게 전화기를 넘겼다.

브렛이 바꿔준 상대가 누군지 이미 짐작되는 창준이다.

"여보세요?"

─오랜만이오, 전화로 인사를 해서 미안하군. 원래는 직접 공항에 마중을 가려고 했는데, 아쉽게도 회사에 빠지지 못할 회의가 있어서 갈 수 없었소.

창준은 밝은 패트릭의 목소리를 들으면서 머리가 살짝 아파왔다.

"아뇨, 괜찮습니다. 이 정도 환대도 부담스러울 정도니까 말입니다."

─하하! 방은 마음에 들었소? 일단 내가 윈 회장에게 얘기는 해놨는데, 마음에 드는 곳을 줬는지 모르겠군.

"마음에 듭니다. 오히려 너무 과하다고 생각하니까요. 그런데 내가 라스베이거스에 온다는 것은 케이트에게 들은 겁니까?"

─웅? 아직 케이트에게 아무런 말도 듣지 못했소?

"무슨 말씀이신지……"

―음… 전화로는 조금 곤란하군. 내가 며칠 후 따로 연락
해 정확한 얘기를 해주도록 하겠소.

전화로는 곤란하다니 얼마나 중요한 얘기를 하려고 하는
지 궁금했다.

"알겠습니다."

창준이 전화기를 돌려주자 브렛은 그것을 챙기고 방문을
닫으며 나갔다.

브렛이 나가자 방을 구경하던 은미가 기다렸다는 듯이
창준에게 달려와 와락 안겼다.

"오빠, 싸랑해!"

"그렇게 좋냐?"

"말이라고 해? 이 방을 봐봐! 그리고 리무진도 타고, 비행
기는 일등석에… 우와!"

소란스럽게 기쁨을 온몸으로 표현하는 은미를 보니 창준
도 슬며시 입가에 미소가 잡혔다.

"어머니는 어때요?"

"나도 좋구나. 이렇게 좋은 방이라니… 너무 비싼 게 아
닌지 걱정될 정도구나."

"그건 걱정하지 마세요. 리무진도 그렇고 이 방도 그 파
트너가 다 해주는 거니까요."

"그러면 다행이지만……."

아직 저녁까지는 시간이 꽤 남아 있어 방에 계속 있으면 심심할 듯했다.

"짐은 내려놓고 구경이나 가시죠."

"어디를 가려고?"

어머니 대신 은미가 물었다.

"저녁 식사까지는 시간이 꽤 남았으니까 호텔이나 구경하러 다니려고. 이곳에 있는 호텔들이 다 각각의 테마가 있어서 그거 구경하는 것도 명물 중에 하나거든."

"아! 나도 그거 알아! 배 타는 곳도 있고 하잖아. 가자!"

대번에 구경할 것을 정한 뒤 짐을 대충 내려놓은 창준과 가족들은 호텔을 나서서 라스베이거스 구경을 나갔다.

그들은 윈 호텔의 바로 옆에 있는, 원래 투숙하려고 했던 팔라조 호텔을 시작으로 베네치아 호텔, 미라지 호텔, 시저스 팰리스 호텔 등 여러 호텔을 구경했다.

은미와 어머니가 특히 좋아했던 곳은 베네치아 호텔이었다.

유럽에 있는 베네치아를 그대로 가져온 듯한 이 호텔은 외부는 물론이고, 심지어 호텔 안에도 수로를 만들어놓고 곤돌라를 운영하면서 사람들에게 색다른 즐거움을 주는 곳이다.

호텔 안에 수로가 있고 곤돌라가 다닌다는 것도 신기한데 천장에는 마치 하늘을 보는 것처럼 구름과 하늘을 실감나게 그려놨고, 노를 젓는 뱃사공은 멋진 목소리로 노래까지 부르니 좋아하지 않을 수 없었다.

은미는 이 모든 것을 즐기면서 창준에게 들뜬 목소리로 몇 번이고 말했다.

"나 진짜 꿈을 꾸고 있는 것 같아! 내 평생에 있는 행운을 다 쓰는 기분이야."

이렇게 말할 때마다 창준은 웃으면서 은미의 머리를 쓰다듬었다.

'네가 원한다면 평생 이렇게 살도록 해줄 수도 있으니 그런 생각은 할 필요가 없어.'

아직 사실을 말할 수는 없지만, 언젠가는 자신에 대해서 모두 얘기해 줄 수 있을 것이다.

그리고 그때는 은미가 원하는 삶을 살도록 억만금이 들어도 지원을 해줄 수 있다.

라스베이거스에 있는 모든 호텔을 다 돌아보기에는 시간이 조금 모자랐다.

하지만 나머지 호텔은 나중에 천천히 돌아보면 되는 일이다. 시간은 많으니 말이다.

아쉬움을 뒤로하고 다시 호텔로 돌아오던 창준과 가족들

은 윈 호텔에 거의 도착해서 발걸음을 멈추고 말았다.

"오빠, 저기 사람들이 엄청 모여 있는데 뭐하는 건지 알아?"

호기심이 가득한 눈으로 트레저 아일랜드 호텔 앞에 모인 사람들을 보면서 은미가 물었다.

시간을 확인한 창준은 왜 사람들이 모여 있는지 알 수 있었다.

"곧 쇼를 하려는 모양이네."

"쇼? 무슨 쇼?"

"보고 갈까?"

"응!"

은미의 말에 창준과 가족들은 사람들이 모여 있는 곳으로 향했다.

라스베이거스에는 4대 쇼가 있다.

미라지 호텔의 볼케이노쇼, 벨라지오 호텔의 분수쇼, 다운타운에 있는 전구쇼, 트레저 아일랜드의 해적쇼가 바로 그것이다.

트레저 아일랜드 해적쇼의 원래 이름은 더 세이렌 오브 티아이(The Sirens of T.I)다.

물론 여기서 T.I는 트레저 아일랜드를 말하는 것이다.

잠시 기다리니 은은한 조명이 깔리고 음악이 흐르면서

쇼가 시작되었다.

먼저 매력적인 여자 배우들이 하나씩 배에 나타나기 시작해 아름답게 움직이며 자기 자리로 이동한다.

그런데 여기에 해적 하나가 나타난다.

여자 배우들이 멋진 춤을 추면서 해적과 칼싸움을 벌인다.

결국 해적은 사로잡히게 되고, 그 해적을 구하기 위한 해적선이 나타나면서 서로 포를 쏘고 싸운다.

공포탄이기는 하지만 커다란 굉음의 포가 터지면 얼굴을 뜨겁게 만드는 불길이 튀어나오고 포탄이 떨어진 것처럼 물기둥이 솟아올랐다.

무료라고 생각하고 보면 놀랄 수밖에 없는 장대한 규모의 쇼는, 보는 사람들이 넋을 잃도록 만들었다.

그리고 그것은 은미와 어머니도 마찬가지였다.

쇼가 끝나고 사람들이 슬슬 자기 갈 길을 가는데도 은미와 어머니는 감동에 휩싸여 멍하니 배우들이 있던 배를 보고만 있었다.

"이제 끝났어요. 우리도 호텔로 가도록 하죠."

혹시나 아직 쇼가 끝난 줄 모르고 있는가 해서 말하자 은미가 감동에 빠진 눈으로 창준을 보면서 말했다.

"엄청 멋져……. 난 뮤지컬이 별로 재미있을 거라고 생각하지 않았는데, 이걸 보니까 뮤지컬도 엄청 재미있고 멋질 것 같아…….."

"나중에 한국에 가면 뮤지컬도 보여줄게. 어머니도 괜찮았어요?"

"정말 재미있구나. 나도 이런 멋진 것들을 직접 볼 거라고 생각하지 못했었는데… 고맙구나."

환하게 웃으며 말하는 어머니의 모습에 창준은 마음이 따뜻해졌다.

호텔로 걸어오면서 창준은 이렇게 행복한 순간이 계속됐으면 하는 바램을 빌었다.

창준은 하루하루가 모두 기적과 같이 느껴졌다. 너무나 믿어지지 않아서 가끔 엉뚱한 생각도 하고는 했다.

지금 이 순간이 자신의 상상이 아닐까 하는 생각을 말이다.

자신의 잘못된 선택으로 어머니와 은미가 나쁜 일을 당하고 자신은 산 채로 땅에 묻혔던 과거가 이렇게 행복한 순간으로 탈바꿈할 것이라 생각을 했었겠는가.

자신이 가진 불가사의한 마법 힘만 하더라도 실제로 존재한다고 누구도 믿지 않았던 것이 아닌가.

'지금 이 순간들은 모두 현실이야. 그리고… 이 현실이 깨지도록 만들지 않겠어.'

마음속으로 굳게 다짐하며 창준이 눈빛을 빛냈다.

"자! 빨리 식사하러 가요."

"오케이!"

은미가 장난스럽게 대답하고 앞장서서 걸어가기 시작하자 창준과 어머니도 뒤를 따랐다.

이들이 걸어가는 건너편 팔라조 호텔이 있는 거리에 한 남자가 유심히 그들을 보고 있다는 것은 아무도 눈치채지 못했다.

어디서나 흔히 볼 수 있는 옷차림을 하고 있는 금발의 백인 남자는 한 손에 생수 한 병을 들고 편안히 벽에 등을 대고 창준과 가족들을 보고 있었다.

창준과 가족들이 윈 호텔로 들어가는 것을 지켜보던 남자가 주머니에서 전화기를 꺼내 어딘가로 전화를 걸었다.

"목표물을 확인했습니다. 그런데 저 사람이 정말 목표물이 맞습니까? 아무리 살펴도 흔해빠진 관광객으로 보이는데요. 계속 감시를 합니까?"

─그건 우리가 판단할 문제라고 생각하네. 그는 지금 어디에 있지?

"방금 호텔로 가족들과 같이 들어가더군요. 어떻게 할까요? 지금이라도 들어가서 심문을 하면 됩니까?"

─농담하지 말도록 하지, 헨릭 요원. 자네가 그렇게 말하면 정말 그렇게 행동할 것 같으니 말이네.

수화기로 들리는 말에 헨릭은 피식 웃었다.

"농담이란 것을 잘 알고 있는 것 같은데 무슨 엄살입니까? 그러면 은밀하게 다른 사람들은 모르는 방향으로 하겠습니다."

─그러면 고맙겠군. 하지만 그가 특수한 능력이 있는지 먼저 확인하도록 하게. 특별한 능력이 없으면 굳이 자네가 움직일 필요는 없으니까.

"하아! 지겨운 시간이 될 것이라는 말이군요. 그러려면 시간이 조금 걸릴 것 같고… 만약 능력이 있다는 것이 확인이 되면 심문 과정에서 약간의 물리적인 방법을 사용하는 것은 괜찮겠죠?"

─그건 묵인하지. 그리고 어차피 내가 안 된다고 하더라도 들어먹지 않을 사람이 자네잖나.

헨릭은 키득거리며 웃었다.

"반대로 말하면 제가 물리적인 방법을 동원하는 사람이라는 것을 알면서도 보낸 것이지 않습니까?"

─글쎄……. 아무튼 정신 차리고 임무를 완수하기를 바라네.

"알겠습니다, 그건 걱정하지 마시지요. 아시다시피 저는 무슨 수를 쓰더라도 임무는 완수하는 타입이니까요. 나중에 연락드리도록 하겠습니다."

전화를 끊은 헨릭은 의미심장한 눈으로 호텔로 들어가는 창준을 바라봤다.

'부디 특별한 능력을 가지고 있기를 바란다. 그래야 좀 재미있을 것 같으니 말이야.'

*　　　*　　　*

아침에 일어난 창준과 가족들은 식사도 하지 않고 서둘러 호텔 현관으로 나갔다.

원래 이렇게 빨리 움직일 일정은 아니었지만, 은미의 강력한 요청에 의해서 며칠 후에 느긋하게 가려던 관광을 생각보다 빨리 잡았기 때문이었다.

현관으로 나가 보니 풍채 좋은 50대 남자가 그들을 기다리고 있다가 다가와 인사를 했다.

"어제 예약하신 분들이 맞죠?"

"네, 동양여행사에서 오신 분이신가요?"

"맞습니다. 시간이 그리 많지 않으니까 빨리 가시죠, 저쪽에 차를 세워놨습니다."

서글서글하게 웃으며 말한 가이드는 발레파킹을 해주는 곳에서 조금 떨어진 승합차를 향해 걸어갔다.

동양여행사는 한국인이 운영하는 라스베이거스 관광 전문 여행사로, 한국 사람만을 대상으로 영업을 하는 곳이다.

어제 창준이 저녁을 먹고 혼자 가서 예약을 하고 왔었는데, 그곳에서 가이드를 호텔로 보내준 것이다.

창준이 예약한 곳은 죽기 전에 꼭 봐야 한다는 명소 중에서 항상 10위권 안에 이름이 나오는 그랜드캐넌이었다.

그랜드캐넌 관광은 몇 가지 코스가 있는데, 당일치기로 다녀올 수 있는 코스부터 며칠짜리 캠핑 코스까지 다양하다. 창준이 선택한 것은 당일치기로 구경을 다녀오는 것이다.

사실 며칠짜리 캠핑을 하려고도 했었지만, 어머니가 부담스러워 할 것 같아서 당일치기 관광 코스를 신청한 것이었다.

창준과 가족들이 승합차에 타자 가이드는 운전석에 올라 운전을 시작했다.

"어디서 오셨어요? 서울?"

"저희 오빠는 서울에서 살고요, 저희는 대전에서 살아요."

은미가 그랜드캐넌을 본다는 것 때문인지 들뜬 얼굴로 얼른 대답했다.

　가이드는 은미 말을 듣고 활짝 웃으며 말했다.

　"대전이요? 저도 미국으로 오기 전에는 대전에서 살았습니다."

　"우와! 그래요? 어디에서요?"

　"선화동에서 한 10년 살았었지요."

　"미국에는 언제 오셨어요?"

　"이제 5년 됐습니다. 그런데 아침은 안 드셨죠?"

　"먹지 말고 나오라고 하던데……."

　은미가 창준을 바라보자 창준이 고개를 끄덕였다.

　"맞습니다. 일단 오늘 일정을 설명하겠습니다. 먼저 저희가 가려는 그랜드캐넌의 관광지까지는 약 1시간 30분이 소요됩니다. 그래서 20분 정도 가다가 간단하게 햄버거로 아침을 먹을 겁니다. 중간에 휴게소가 없으니 식사를 하시면서 화장실을 먼저 다녀오셔야 할 겁니다. 그랜드캐넌은 네 개의 구역으로 나눠지는데, 저희가 가는 곳은 웨스트림입니다. 다른 곳은 당일치기로 가기가 조금 힘들게 되어 있습니다. 그래서……."

　가이드 아저씨는 원래 말이 많은 것인지 아니면 가는 동안 심심할까 봐 직업적으로 말해주는 것인지 모르지만 쉬지 않고 계속 설명을 이어나갔다.

말을 대단히 재미있게 해주어서 모두 정신없이 듣고 있었다.

그렇게 얘기를 듣는 사이 어느새 식사를 하는 곳에 도착했다.

주문은 가이드 아저씨가 알아서 해줬기 때문에 자리에 앉아서 기다리고 있기만 하면 됐다.

잠시 후 가이드 아저씨가 가져온 햄버거를 먹으면서 은미가 조금 놀란 표정을 지었다.

"맛있다! 엄마, 이거 햄버거에 계란 후라이도 들어가 있어!"

"그러게, 맛있구나."

은미의 반응에 가이드 아저씨가 웃으며 말했다.

"미국에서는 패스트푸드도 있지만, 이렇게 수제로 만든 햄버거 체인점도 많습니다."

"오! 역시 미국!"

감정을 여과 없이 보여준 은미가 다시 햄버거를 입 안 가득 베어 물었다.

대충 아침식사를 마치고 차량에 탄 일행은 다시 목적지인 그랜드캐넌을 향해 달렸다.

가이드 아저씨는 여전히 여러 가지 얘기를 하면서 심심

하지 않으려 노력했다.

차를 타고 있는 사람들은 말을 들으면서 차량 밖으로 보이는 미국의 풍경을 충분히 즐겼다.

그러다 곧 엄청난 크기의 거대한 댐을 두 눈으로 확인할 수 있었다.

"우와! 댐이… 어마어마하다……."

은미는 창밖으로 보이는 엄청난 규모의 댐을 보고 입을 쩍 벌렸다.

"근데… 이 댐 뭔가 눈에 익은데… 어디서 본 것 같아."

"여기는 영화에서도 많이 나왔던 댐입니다. 후버댐(Hoover Dam)이라고 하지요."

"아! 맞아요! 로봇이 변신하던 그 영화에서 봤었어!"

가이드 아저씨는 일단 후버댐을 건너 주차장이 나오자 차량을 주차했다.

이곳에는 그들뿐만 아니라 다른 관광객들도 멈춰서 사진을 찍고 있었다.

차에서 내린 창준과 가족들이 난간에 다가가 댐을 구경하자 가이드 아저씨가 또 청산유수로 설명을 하기 시작했다.

"후버댐은 20세기의 가장 위대한 건축물 중에 하나로 1936년에 완공된 댐입니다. 원래는 볼더댐이라고 불렸는데, 미국 31대 대통령인 후버 대통령을 기념하며 이름을 후버댐으로 바꾸게 되었습니다. 후버댐은 라스베이거스가 발전하게 된 계기와 밀접하게 연관되어 있는데……."

설명을 들은 가족들은 가져온 카메라로 후버댐을 찍고 그것을 배경으로 가족사진을 찍기도 했다.

창준도 이 엄청난 건축물을 감탄한 시선으로 보고 있다가 휴대폰을 꺼내 사진을 몇 장 찍었다.

그냥 지나치기에는 경관이 너무 멋졌다.

원래 후버댐을 제대로 구경하기 위해서는 두어 시간은 필요하다.

하지만 창준과 가족들은 그랜드캐넌을 보러 가는 것이기에 가볍게 사진만 찍고 다시 그랜드캐넌을 향해 출발했다.

후버댐에서 그랜드캐넌까지는 그리 오래 걸리는 거리가 아니었다.

재미있는 것은 목적지에 거의 도착해 중간에 약 15분 정도 비포장도로를 달리게 됐는데, 미국과 같은 나라에 비포장도로가 있다는 것이 신기했다.

가이드 아저씨는 왜 이곳이 도로가 제대로 만들어지지 않고 비포장도로로 남아 있는지 설명을 해줬다.

대충 정리하면 그랜드캐넌은 인디언 거주 지역이기 때문

에 도로 포장하는 일을 주정부와 인디언 부족이 서로 미루면서 법정 싸움 중이라는 얘기였다.

가이드 아저씨의 설명을 들은 은미는 그것에 대해 명쾌하게 한마디로 정리했다.

"그러니까 미국도 한국처럼 관할 문제로 서로 미룬다는 말이네요."

은미의 말에 가이드 아저씨는 재미있는지 껄껄 웃을 뿐이었다.

그랜드캐넌에 도착하자 가이드 아저씨는 입장표를 사고는 그들을 셔틀버스로 안내했다.

이 안에서는 이렇게 준비된 셔틀버스를 타고 움직인다고 했다.

잠시 기다려 다른 관광객들까지 태운 버스는 천천히 그랜드캐넌의 절경을 볼 수 있는 포인트를 향해 움직였다.

몇 분이 지나자 창밖을 보고 있던 관광객들이 웅성거리기 시작했다.

창밖으로 웅장한 협곡이 점차 모습을 드러냈기 때문이었다.

버스가 멈춘 곳은 이곳 그랜드캐넌 웨스트림 지역의 대표적인 관광 포인트인 이글 포인트(Eagle Point)였다.

"맙… 소사……."

"…정말… 정말 멋지구나……."

은미와 어머니는 떨리는 목소리로 겨우 말했다.

뭐라 형용할 수 없는 장대하고 웅장한 협곡은, 보고 있는 것만으로도 다리가 후들거릴 정도였다.

창준은 이전에 인터넷으로 미리 그랜드캐넌에 대해서 조사하면서 절경을 찍은 사진을 봤었다.

하지만 그렇게 작은 모니터로 보는 것과 두 눈으로 직접 보는 것은 비교할 수 없을 정도로 차이가 컸다.

직접 보고 있는데도 어마어마한 크기의 스크린으로 어떤 영상을 보고 있는 것처럼 느껴졌다.

그 정도로 눈앞에 있는 이 거대한 협곡은 비현실적이었다.

창준은 문득 어떤 생각을 떠올렸다.

'이렇게 웅장하고 멋진 절경을 하늘에서 보면 어떨까?'

다른 사람이라면 헬기나 경비행기를 이용한 투어를 생각하겠지만, 창준은 그런 것들을 이용하지 않고 하늘에서 볼 수 있는 방법이 있었다.

'밤에 몰래 나와서 한번 날아봐야겠다. 엄청 멋질 것 같네.'

벌써부터 하늘에서 보는 그랜드캐넌의 절경이 눈앞에 선한 것 같았다.

"오빠! 저것 봐봐! 절벽 위에서 아래를 볼 수 있는 건물도 있어!"

은미가 웨스트림 이글 포인트의 명물인 스카이워크를 가리키며 소리쳤다.

"기다려, 어머니하고 다 같이 가서 보자."

"빨리 가서 먼저 줄 서고 있을게!"

은미는 환하게 웃으며 스카이워크에서 표를 사려는 사람들이 있는 곳으로 달려갔다.

그것을 보는 창준은 미소를 지었다.

그에게 가장 행복한 순간은 지금처럼 가족들이 즐거워하고 웃는 모습을 보는 때였다.

CHAPTER
04

발각

ALCHEMIST

중국에서 출발한 중국국제항공공사의 에어차이나가 매
케런 국제공항에 도착했다.

보통 라스베이거스에 도착한 사람들은 이곳에서 경험할
멋진 일들을 상상하며 환하게 웃고는 한다.

하지만 이런 사람들과 다르게 큰 표정의 변화가 없는 사
람들이 있다.

무표정한 얼굴로 입국 심사대에서 차례를 기다리는 소결
이 그런 사람이다.

소결은 자신의 차례가 되자 입국 심사대로 걸어갔다.

"방문 목적은 무엇입니까?"

"관광입니다."

사무적인 심사관의 말에 그녀 역시 약간은 사무적인 말투로 대답을 했다.

"어디서 숙박하실 겁니까?"

"임페리얼 팰리스 호텔에서 숙박할 겁니다."

간단한 심사를 마치고 심사대를 지나온 소결은 짐을 찾아서 공항을 빠져나오려고 했다.

공항의 문을 빠져나가려는 그때.

그녀의 감각에 누군가 자신을 지켜보고 있다는 느낌이 들었다.

소결은 스스로 꽤 예쁘게 생겼다는 사실을 잘 알고 있다.

그러니 사람이 많은 곳에서 남자들의 시선을 끄는 것은 드문 일이 아니다.

하지만 지금 느껴지는 시선은 신경이 쓰였다.

평소에 느끼던 시선과 조금 달랐기 때문이다.

무언가 끈적끈적한 것이 달라붙는 것 같은 그런 시선이다.

눈살을 살짝 찌푸린 소결이 고개를 돌려 시선이 느껴지는 방향을 바라봤다.

한 남자가 그녀를 바라보고 있었다.

백인 치고도 창백하다고 할 수 있는 흰 피부에 유달리 붉고 얇은 입술이 눈에 들어오는 남자였다.

분명한 것은 소결이 처음 보는 사람이라는 것이다.

남자는 소결과 눈이 마주치자 입꼬리를 올리며 웃어 보였다.

'…기분 나쁜 시선…….'

미소를 지어 보였던 남자는 고개를 돌리고 다른 곳으로 걸어갔다.

잠시 남자의 뒷모습을 바라보던 소결은 찝찝한 마음을 다독이며 공항을 벗어났다.

남자는 공항을 나가는 소결의 뒷모습을 다시 바라봤다.

"중국에서 무인이라는 것을 보냈다는 말인가? 재미있게 되는군."

무슨 수를 썼는지 모르지만, 그는 소결이 무인이라는 것을 정확히 알아보고 있었다.

다시 한 번 기분 나쁜 미소를 지은 남자는 어디론가 걸어갔다.

*   *   *

달이 중천에 떠 있는 늦은 밤.

윈 호텔 주차장 한쪽 구석에는 검은색 밴(Ven) 한 대가 서 있었다.

평범한 밴처럼 생긴 차량이었다.

하지만 내부는 흔히 보는 밴과는 전혀 다르게 복잡한 기기가 잔뜩 있었다.

"리들 에너지를 감지했습니다."

복잡한 기기 앞에서 화면을 보고 있던 사람이 중얼거렸다.

그러자 옆에 편한 자세로 앉아 있던 헨릭이 벌떡 일어났다.

"타깃이 현재 고도 약 130미터 상공에서 이동하고 있습니다."

"130미터? 하늘을 날고 있다는 말이야?"

"그것 말고는 설명할 방법이 없을 것 같습니다."

"빨리 쫓아가!"

주차장에 있던 밴이 시동을 걸고 레이더에서 가리키는 방향으로 빠르게 달리기 시작했다.

신호를 감지하자마자 무섭게 쫓은 것이었지만 창준과 밴의 거리는 점점 멀어지고 있었다.

그럴 수밖에 없었다.

상대는 하늘을 날아가고 있어서 길을 따라 달릴 필요가 없지만 밴은 도로를 따라서 달려야 했다.

"제기랄! 차를 멈추고 휴대용 에너지 감지기를 내놔."

헨릭의 말에 운전하던 사람은 사람들이 다니지 않는 곳을 찾아 차를 멈췄다.

요원 하나가 마치 휴대폰처럼 생긴 물건을 건넸다.

그것을 받은 헨릭은 서둘러 차에서 내려 기기를 작동했다.

띠잉! 띠잉!

작은 소리가 나면서 레이더처럼 작은 점이 멀어져 가는 것이 보였다.

헨릭이 신호의 방향을 맞추고 땅을 박찼다.

그러자 그의 몸이 순식간에 하늘로 솟아올랐다.

대단히 놀라운 광경이었다.

하지만 그것을 보는 요원들은 전혀 놀라지 않았다. 마치 이미 알고 있었던 것처럼 말이다.

*　　*　　*

그랜드캐넌을 구경하고 돌아온 창준과 가족들은 남은 하

루를 라스베이거스 호텔들을 구경하면서 보냈다.

바쁜 하루를 보냈기 때문인지 일찍 피곤해진 어머니와 은미는 금세 잠이 들었다.

두 사람이 잠에 빠진 것을 확인한 창준은 낮에 생각했던 것처럼 그랜드캐넌을 가기 위해서 몰래 호텔을 빠져나왔다.

인비지블 마법을 사용해 다른 사람들에게 흔적을 들키지 않고 나온 창준이 플라이 마법으로 하늘로 날아올랐다.

적당히 사람들의 눈에 띄지 않는 높이로 올라온 뒤 휴대폰 지도로 그랜드캐넌을 검색한 다음 일직선으로 날아갔다.

누군가 자신을 지켜보고 있다는 것은 꿈에도 모르고 있었다.

"이얏호!"

얼굴에 부딪치는 밤공기를 느끼며 창준이 크게 소리쳤다.

평소 하늘을 날고 있는 중이라면 이렇게 소리를 치는 일은 없다.

혹시라도 누군가 자신을 목격하는 것을 주의하기 때문이다.

하지만 지금 그가 있는 곳은 미국이다.

그리고 미국 중에서도 사람들의 발길이 거의 없는 그랜드캐년 안쪽이었다.

사람이 없는 것이 당연했다.

그리고 만약 있다고 하더라도 누가 자신을 알아볼 것인가?

자신을 찾기보다는 유럽 쪽 능력자들을 주시하든지, 다른 사람들을 찾을 것이다.

하늘 높이 날아다니던 창준은 고도를 내려 하늘을 향해 솟아오른 각종 기암괴석들 사이사이로 날아다녔다.

공중에서 재주를 넘기도 하고, 얕은 물에 손을 대서 물보라를 일으키기도 했다.

오랜만에 느끼는 자유로움이었다.

평소에는 여러 가지 생각과 제약에 숨기던 것을 마음껏 풀어놓으니 기분이 최고였다.

"나중에 마법을 공개할 수 있게 되면 어머니하고 은미도 하늘을 나는 기분을 알려줘야겠다. 그래서……."

"헤이!"

창준은 누군가의 목소리를 듣고 깜짝 놀라며 멈췄다.

고개를 돌려 소리가 들렸던 방향을 바라왔다.

독특하게 생긴 안경을 쓰고 있는 한 외국인이 그를 바라보고 있는 것이 보였다.

창준을 쫓아온 헨릭이었다.

'뭐… 지?'

하늘에 떠 있는 창준을 보면서도 놀란 표정을 보이지 않는다.

그런 헨릭의 모습이 이질적으로 다가왔다.

그리고 단순히 마법을 사용하는 모습을 들켰다는 것보다 더욱 큰 문제가 발생한 것 같다는 기분도 들었다.

"고개도 아픈데 내려와서 얘기를 하는 것은 어때? 쓸데없는 저항을 해서 괜히 피곤하게 만들지 말고 말이지."

"…인비저블."

묘한 웃음을 띠고 말하는 헨릭의 말에 창준은 대답 대신 조용히 투명화 마법을 사용했다.

헨릭은 피식 웃으며 쓰고 있던 안경을 살짝 만졌다.

"아직 대외 경험이 없는 모양이지? 모습을 감추는 정도로는 우리의 눈에서 벗어날 수 없다는 것을 모를 만큼 말이야."

'뭐?'

헨릭은 정확히 창준이 있는 곳을 향해서 손을 내밀더니 아래로 흔들었다.

그러자 무언가 알 수 없는 엄청난 힘이 창준을 땅을 향해 던지듯이 끌어내렸다.

"으헉! 실드!"

급속도로 다가오는 지면을 보고 놀란 창준이 실드 마법을 사용해 몸을 보호했다.

실드로 몸을 감싸기 무섭게 그는 그대로 땅에 내리꽂혔다.

쿵!

얼마나 빠르게 떨어졌는지, 가까스로 넘어지는 것을 면한 창준의 발아래 바위에는 작은 실금이 생겼다.

그리고 그 충격 때문인지 인비지블 마법은 취소되어 사라졌던 그의 모습이 나타났다.

창준은 욱신거리는 발목의 충격을 애써 무시하며 헨릭을 노려봤다.

'초… 능력자! 이 사람은 초능력자다!'

분명히 마나가 움직이는 것을 느끼지 못했다.

이곳이 미국이라는 사실과 과거 올리비아가 말해준 내용이 떠올랐다.

눈앞에 있는 남자는 분명히 미국에서 활동한다는 초능력자가 분명했다.

헨릭은 약 10미터 앞에 나타난 창준에게 다가가기 시작했다.

"묻고 싶은 것들이 참 많은데 말이야. 일단 가장 먼저 네가 어디 소속인지 말해줘야 할 것 같아."

"······."

"영국? 독일? 프랑스?"

"······."

"리들 에너지를 사용하는 것을 보면 유럽 쪽 사람이라는 것은 확실한데··· 대답해 주지 않을 생각인가?"

약 5미터 앞까지 다가온 헨릭은 품에 손을 집어넣어 권총을 꺼냈다.

그가 꺼낸 권총은 미군의 제식권총인 베레타 M92FS였다.

긴장한 눈으로 자신을 노려보는 창준을 보면서도 헨릭은 여유만만이었다.

그저 피식 웃으면서 다른 주머니에서 소음기를 꺼내 권총에 끼울 뿐이었다.

"쉽게 대답해 줄 것이라 생각하지는 않았지. 어디 잘 피해보도록 해봐. 웬만하면 위험한 부분은 피하도록 할게, 죽으면 안 되니까."

창준은 바짝 긴장했다.

군대에서 소총을 다루기는 했었지만 이렇게 실제로 사람에게 사용할 목적으로 권총을 뽑아 드는 사람은 처음이었다.

그리고 무엇보다 권총이 겨누게 될 대상이 자신이라는 사실이 큰 압박감으로 돌아왔다.

과연 자신의 마법이 총알까지 막을 수 있을지 알 수 없었다.

'최대한 대비를 해야겠지.'

"그레이트 실드, 헤이스트."

창준이 마법을 사용하는 것을 본 헨릭이 소음기를 장착한 권총을 겨눴다.

"리들 에너지를 사용하도록 두고 볼 것이라 생각하는 건가?"

이건 헨릭이 오해한 것이다.

창준은 이미 마법을 발동한 상태였으니 말이다.

룬어를 사용하지 않고 바로 마법을 사용할 수 있는 용언 마법의 힘이다.

마법을 사용하지 못하도록 견제하려는 생각이었겠지만 창준은 이미 마법의 발동을 끝낸 상태였다.

창준은 충분한 대비를 했다는 생각이 들자 마음이 놓였다.

"당신은 누구지?"

"일부러 모르는 척하려는 것인가?"

"뭔가 착각하는 모양인데, 나는 당신이 생각하는 그런 사람이 아니다."

"착각? 무슨 착각? 아니, 나는 그런 것은 상관이 없어. 상
부의 명령이 내려왔으니 그냥 조용히 잡혀주기만 하면 된
다고. 쓸데없는 이야기는 집어치우고 두 손을 머리에 올리
고 무릎을 꿇어. 네가 총알보다 빨리 움직일 수 없다면 말
이야."

창준은 순순히 헨릭의 말에 따를 생각은 전혀 없었다.

잡힌다면 무슨 일이 일어날지 어떻게 알겠는가.

막말로 어딘가에 억류되어 평생을 보내게 될지도 모르는
일이다.

창준은 그의 말을 따르지 않고 여전히 노려보기만 했
다.

그러자 헨릭의 입꼬리가 비틀렸다.

"쓸데없는 저항을 해볼 생각인가?"

말을 마친 헨릭이 총구를 조금 내려 창준의 허벅지를 겨
누고 방아쇠를 당겼다.

푹푹!

권총에서 발사된 총알은 소음기를 통하며 작은 소리를
내며 뻗어 나왔다.

그것은 정확히 창준의 허벅지를 향해 날아갔다.

하지만 그 순간 창준의 몸이 잔상을 남길 정도로 빠르게

움직이면서 허벅지를 노리는 총알을 피했다.

"어?"

헨릭이 약간 당황한 목소리를 냈다.

그리고 그사이, 창준이 그와 자신 사이의 5미터란 짧은 거리를 순식간에 좁히며 눈앞에 나타났다.

창준은 그동안 권투를 배우면서 익힌 파이팅 자세를 취했다.

그리고 헨릭의 턱을 향해 가벼운 잽을 던졌다.

이 가벼운 잽은 상대를 눕히기 위한 주먹이 아니다.

단지 약간의 충격으로 상대의 시야를 흔들리게 하고 대처 능력을 둔화시키기 위한 것이다.

이런 것을 플래시 효과라고 한다.

다음에 나오는 진짜 공격, 스트레이트를 맞추기 위한 전초작업이다.

복싱의 원투 펀치가 바로 이것이다.

그런데 창준의 이런 의도는 알 수 없는 힘에 의해 막혔다.

툭!

마치 벽을 친 것과 같은 느낌과 함께 주먹이 허공을 가격한 것이다.

"뭐, 뭐야!"

대답 대신 헨릭의 총구가 그를 향해 움직이는 것이 보였다.

지금 그는 헤이스트 마법을 적용한 상태였기에 헨릭의 움직임이 천천히 보였다.

그러니 피하는 것은 어려운 일이 아니라고 생각했다.

창준은 백스텝을 사용해서 뒤로 빠지려고 했다.

그러나 알 수 없는 힘이 또다시 자신을 붙잡는 것을 느끼고 격렬히 몸을 흔들었다.

그사이 총구는 정확히 그를 노리고 있었다.

"에어 밤(Air Bomb)!"

3서클 에어 밤 마법은 압축 공기를 터뜨려 대상을 멀리 밀어버리는 마법이다.

사람을 향해 살상 공격을 사용해 본 적도, 그런 각오도 없었던 창준이기에 선택한 마법이다.

펑!

푹푹!

압축 공기가 터지며 헨릭을 뒤로 밀어내는 것은 성공했다.

하지만 권총을 발사하는 것은 막을 수 없었다.

발사된 총알은 압축 공기의 막을 뚫고 창준에게 날아왔다.

팅팅!

순식간에 창준의 지척까지 날아온 총알은 미리 발동했던 그레이트 실드 마법에 튕겨 나갔다.

권총이 발사되고 자신은 움직이지 못하던 것에 하얗게 질렸던 창준이 안도의 한숨을 내쉬었다.

'하아… 다행이다……. 그런데 이 힘은 뭐야?'

자신을 붙잡고 있는 이것의 정체가 무엇인지는 알 수 없었다.

하지만 일단 자신의 마법이 권총을 막을 수 있다는 것을 알게 되니 마음이 한층 가벼워졌다.

창준의 귀에 튕겨 나갔던 헨릭이 말하는 소리가 들려왔다.

"대체 정체가 뭐냐!"

"……."

"어떻게… 리들 에너지를 준비도 없이 사용하는 것이지?"

당연했다.

창준이 사용하는 마법은 일반적인 마법이 아니었으니 말이다.

권총이 자신에게 위협이 되지 않는다는 것을 알아버린 창준은 방금 전과 다르게 꽤 여유가 생겼다.

하지만 아직 완전히 마음을 놓을 수는 없었다.

앞에 있는 남자는 창준이 정확히 파악하지 못한 힘을 가지고 있었으니 말이다.

"나는 당신과 싸우고 싶은 생각이 없다. 그냥 이대로 서로 물러나는 것이 좋지 않을까 하는데……."

창준의 말에 헨릭이 얼굴을 살짝 일그러뜨렸다.

"지금 네가 주도권을 쥐었다고 생각하는 것인가? 이거 참… 대단히 창피하네. 그리고 무엇보다 짜증나."

헨릭은 손바닥을 펼쳤다.

그러자 창준은 아까처럼 무언가 보이지 않는 힘이 자신의 신체를 짓누르는 것이 느껴졌다.

"계속… 싸우겠다는 말이냐!"

"닥쳐."

짧은 대답과 함께 헨릭이 팔을 움직였다.

그러자 구속하고 있던 힘이 창준을 잡아서 던져 버렸다.

얼마나 강하게 던져졌는지 주위의 사물이 늘어나는 것처럼 느껴졌다.

"플라이!"

마법을 사용해서 몸을 가누려고 했으나 소용이 없었다.

단지 속도가 조금 느려졌을 뿐이었다.

쾅!

"크윽!"

그레이드 실드에 막혀 직접적으로 몸에 충격이 오지는 않았다.

하지만 마법이 약간 흔들릴 정도의 충격은 받았다.

아직 끝난 것이 아니었다.

창준은 거대한 거인이 붙잡고 흔드는 것처럼 허공에서 이리저리 움직였다.

어떻게 해볼 새도 없이 바위와 절벽에 처박혔다.

쾅! 쾅! 쾅! 쾅!

연속적으로 충격이 가해지자 정신이 혼미해지면서 그레이트 실드 마법도 약해져 갔다.

이대로 가만히 있으면 곧 마법이 풀리면서 곤죽이 될 판이다.

"위… 윈드 피스트!"

창준은 마법을 영창했다.

헨릭의 머리 위에 바람으로 만들어진 거대한 주먹이 생기며 떨어져 내렸다.

"어림없다!"

헨릭이 일갈하며 두 팔을 휘저으니 머리 위로 떨어지던

바람의 주먹이 갈가리 찢어져 소멸되었다.

마법은 실패했으나 대신 창준은 몸을 가눌 여유를 찾았다.

"윈드 피스트! 윈드 피스트! 윈드 피스트!"

찰나의 틈에 창준은 연속으로 마법을 사용했다.

그러자 언젠가 키메라와 싸웠을 때처럼 하늘에서 만들어진 바람의 주먹들이 비가 쏟아지는 것처럼 떨어졌다.

"으아아아!"

떨어지는 바람의 주먹들을 향해 헨릭이 두 팔을 휘저었다.

그러자 그 많던 바람의 주먹이 한순간에 찢겨져 사라졌다.

키메라를 상대하는 데 사용한 마법들이었는데도 헨릭에게는 전혀 위협이 되지 않았다.

"이게 네가 할 수 있는 전부냐?"

창준은 헨릭의 말에 대답을 하는 대신 아랫입술을 깨물었다.

사용할 마법들은 많았다.

윈드 피스트는 3서클의 마법이기는 했으나 사실 살상력은 떨어지는 편이다.

실제로 키메라를 죽이는 데 사용한 결정적 마법인 윈드

커터에 비하면 말이다.

3서클 마법 중에서 윈드 피스트보다 강한 살상력을 가진 마법들도 있었다.

창준이 실제로 사용 가능한 4서클 마법들은 어떠하겠는가.

그가 윈드 피스트 마법을 사용한 것은 상대가 사람이라는 생각 때문이다.

'방법이 없나?'

창준의 눈이 살짝 번뜩였다.

실제로 헨릭을 죽일 수 있을 정도의 마법을 사용하는 것을 생각한 것이다.

하지만 그 생각은 그리 오래가지 못했다.

'피하자.'

창준의 마음속으로 여러 가지 생각이 교차하는 사이 헨릭이 다가왔다.

"그럼 이제 내 차례겠군."

"미안하지만 네 차례는 다음이다, 파이어 웨이브(Fire Wave)!"

마법이 발동되자 아무것도 없는 바닥에서 불길의 벽이 일어났다.

그 벽은 창준의 손을 따라 헨릭을 향해 밀려갔다.

"우, 우앗!"

불에서 전해지는 본능적인 두려움은 헨릭의 몸을 잠시지만 살짝 경직되게 만들었다.

그리고 그 찰나에 헨릭은 피할 순간을 놓쳤다.

코앞까지 밀려온 불길의 파도 앞에서 헨릭은 능력을 사용하여 전면을 가리는 벽을 만들었다.

불길의 벽과 보이지 않는 벽이 부딪쳤다.

그리고 두 사람 사이의 시야마저 가려 버렸다.

헨릭이 뒤로 물러서며 불길이 사그라지자 창준이 있던 곳을 바라봤다.

하지만 창준은 이미 그곳에 없었다.

사람을 죽이는 것이 부담스러웠던 창준이 시선을 돌리고 피해 버린 것이다.

"쯧! 미국 땅에 있으면 피하는 것도 한순간뿐이라는 것을 모르는 건가? 잠시 시간을 연장했을 뿐인데……."

헨릭은 짜증이 담긴 말투로 중얼거렸다.

그리고 창준이 있던 자리를 조용히 노려보다가 누군가에게 무전을 날렸다.

*   *   *

창준이 헨릭을 만나서 짧은 격전을 벌이는 시간.

한 사람이 어둠 속에 자신의 모습을 감추며 움직이고 있었다.

어둠에서 어둠으로 이동하는 순간.

이 사람의 움직임은 인간이라고 할 수 없을 정도로 빨랐다.

어둠 속에 있는 사람은 몸의 굴곡이 드러날 정도로 찰싹 붙는 검은색 타이즈를 입고 있었고, 얼굴까지 가리고 있었다.

드러난 아름다운 눈과 미려한 몸매로 여자라는 것만 확인할 수가 있었다.

여자는 검은 타이즈를 입고 조금 무거워 보이는 벨트를 차고 있었다.

바로 중국에서 날아온 소결이었다.

소결은 잠행보(潛行步)라는 이름이 붙은 은신술을 사용하고 있었다.

그것을 통해 사람들의 시선을 피해서 목적지를 향해 움직였다.

사람들의 시선을 피하면서 움직이던 소결은 40층 가량 되는 빌딩 근처에서 멈추고 빌딩을 훑어봤다.

'여기가 헤이터 빌딩이네.'

헤이터 빌딩은 미국의 억만장자 중 하나로 손꼽히는 제임스 헤이터가 소유하고 있는 빌딩이었다.

가장 높은 층은 통째로 자신이 사용하고 있다고 한다.

소결은 벨트에 있는 작은 주머니에서 얇은 장갑 하나를 꺼내 손에 끼었다.

그리고 소리 없이 땅을 박차고 뛰어올랐다.

단 한 번 도약을 했는데, 그녀의 몸은 무려 십여 미터나 날아올랐다.

정점에 달했을 때 장갑을 낀 손이 빌딩의 유리벽을 가볍게 스치고 지나가니 다시 몇 미터를 날아올랐다.

소결이 낀 장갑이 별다른 능력을 갖고 있는 것이 아니었다.

그녀가 낀 장갑은 단지 약간의 접착력이 있을 뿐이다.

중국의 무인들이 사용하는 경공술은 이런 약간의 접착력만으로도 지금처럼 이해할 수 없는 움직임을 펼칠 수 있게 만들었다.

빠르게 벽을 타고 오르던 소결이 움직임을 멈춘 곳은 제임스 헤이터가 살고 있는 최상층에 달했을 때였다.

한 손으로 벽에 몸을 고정한 소결은 다른 손에 끼워진 장갑은 이빨로 물어 벗고는 손가락을 유리에 가져다 대고 커다랗게 동그란 원을 그렸다.

그그그그극!

신기하게도 그녀의 손가락 움직임을 따라서 유리에 흰 선이 그려졌다.

아니, 그려지는 것이 아니라 유리가 베어지고 있었다.

동그랗게 베어진 유리는 소결의 손에 붙어 나왔고, 그녀는 그것을 잡은 상태에서 조용히 건물 안으로 들어갔다.

빌딩 안은 대단히 어두웠다.

아마 평범한 사람이라면 한 치 앞을 보지 못할 정도였지만 소결의 눈은 미약한 불빛만 있어도 모든 것을 꿰뚫어볼 수 있었다.

사람이 없는지 확인하는 듯, 잠시 움직이지 않고 귀를 기울이던 소결은 천천히 움직이기 시작했다.

제임스 헤이터의 집은 빌딩 한 층을 통째로 사용하고 있는 만큼, 그 크기는 흔한 다른 집들과 비교도 할 수 없다.

한국처럼 단순한 구조를 가지고 있는 것도 아니니, 처음 이곳에 온 사람들은 누구나 헤매게 된다.

소결은 이미 집의 구조는 다 파악하고 있었는지 움직임에 전혀 망설임이 없었으며, 고양이처럼 발소리조차 흐르지 않았다.

그녀의 움직임을 직접 보더라도 혹시 헛것을 보는 것이 아닌지 의심할 정도다.

그렇게 귀신처럼 이동하던 소결이 멈춘 것은 넓은 거실을 만났을 때다.

사실 지금 소결이 있는 곳은 거실이라고 하기 어렵다.

누구도 이렇게 넓은 공간을 거실이라고 부르지는 않을 것이다.

차라리 무도회장이라고 부르면 몰라도 말이다.

그리고 무엇보다 이곳은 거실처럼 탁자와 소파가 있지 않았다.

벽에는 미술책에 나오는 값을 따질 수 없을 정도의 비싼 그림들이 걸려 있었다.

고급스러운 탁자 위에 유리벽 안에는 한눈에 봐도 비쌀 것 같은 골동품들이 들어 있다.

한쪽에는 살아 있는 듯한 거대한 그리즐리 베어의 박제가 있기도 했고, 번쩍거리는 중세시대 기사의 갑옷도 있다.

이곳은 작은 박물관이었다.

소결은 사람들의 시선을 사로잡는 값비싼 예술품과 골동품을 전혀 바라보지 않았다.

그녀가 집중하고 있는 것은 이 작은 박물관 가운데에 있는 물건이었다.

조그만 단상 위에 탁자가 있고, 그 탁자 위에는 검 받침대가 있다.

이 검 받침대 역시 고고학적으로 가치가 높을 것 같은 귀물이었다.

하지만 누구도 그것에 신경을 쓰지 않을 것이다.

검 받침대 위에 놓여 있는 고풍스러운 검 때문이다.

검은 투박하게 생겼다.

어떠한 장식도 없었고, 검두(劍頭)와 검파(劍把), 검올(劍兀)에 이르기까지 고대 중국에서 발굴된 검들과 비슷하게 느껴지면서도, 풍기는 고고함은 이 검이 평범하지 않다고 외치고 있었다.

완만하게 경사를 이루는 검첨(劍尖)에서부터 일자로 내려오는 검배(劍背)와 검신(劍身)은 평범하게 보이면서도 미려했다.

날카롭게 예기를 빛내야 하는 검인(劍刃)은 예기를 안으로 감춰서 시력을 돋구며 자세히 봐야 그 예리함을 확인할수 있다.

무엇보다 다른 검과 다른 점은… 검이 모든 빛을 흡수하는 것처럼 묵빛이라는 것이다.

검이 있는 곳은 위에서 조명이 비추도록 되어 있었다.

조명을 검이 흡수하는 것인지, 아니면 자신만의 고유한빛깔로 조명을 밀어내는 것인지, 검의 주위는 어딘지 모르게 불길한 묵빛으로 물들고 있었다.

소결은 검을 보는 순간 본능적으로 느꼈다.

'저것이… 구야자의 반영검……'

그녀는 검을 주로 사용하는 무인이다.

검을 사용하는 무인에게 명검이란 영혼의 동반자이자, 그들을 중독시키는 마약과 같다고 할 수 있다.

전설로 구전되어 내려오던 구야자의 반영검이었으니, 그녀의 시선이 몽롱하게 변하는 것은 어쩌면 당연한 일이라고 할 수 있었다.

그런데 과연 이게 자연스러운 일이었을까?

소결의 시선이 몽롱하게 변하면서 반영검이 뿜어내는 묵빛이 더욱 짙어졌다.

마치 그녀를 유혹하고 있는 것처럼.

한 걸음, 다시 한 걸음.

홀린 것처럼 힘없는 걸음걸이로 천천히 반영검을 향해 걸어갔다.

지금 소결의 눈에는 반영검밖에 보이지 않았다.

귀에서는 이상한 이명 소리 외에 아무런 소리도 들리지 않았다.

그래서 그녀는 전혀 눈치채지 못했다.

뭔가 불길한 검은 기운이 허공에서 움직이다가 주위에

있는 갑옷에 스며드는 것을 말이다.

주위가 어떻게 돌아가는지도 모르고 반영검을 향해 걸어간 소결은 이내 반영검의 바로 앞까지 도착했다.

손만 뻗으면 쥐는 것도 가능한 거리다.

—나를 들어라. 천하를 얻게 해주마.

무언가가 소결의 귀에만 들리는 목소리로 말했다.

그리고… 그것은 사람의 목소리가 아니었다.

소결이 천천히 반영검을 향해 손을 뻗기 시작했다.

그런데 반영검에 손가락이 닿기 직전, 소결의 본능을 자극하는 것이 있었다.

지금까지 단련된 그녀이기에 느낄 수 있는, 도저히 무시할 수 없는 것.

'살… 기?'

살기라는 것을 깨닫자 찬물을 뒤집어쓴 것처럼 정신이 번쩍 들었다.

그리고 등 뒤로 무언가가 날아오는 것을 느끼고 바로 땅을 박차며 공중으로 뛰어올랐다.

후웅!

소결이 날아오른 그 자리를 마상대검이 묵직한 소리를 내며 스쳐갔다.

가만히 있었으면 아마 허리가 두 동강 났을 것이다.

공중에서 경공을 사용해 멀찍이 물러선 소결은 자신을 공격한 것이 무엇인지 확인하고 얼굴을 찌푸렸다.

끼기기긱!

쇠의 마찰 소리를 내는 것은 이곳에 있던 기사갑옷이었다.

소결이 일반 사람이었다면 움직이는 갑옷을 보고 패닉에 빠졌을 것이다.

하지만 소결은 그런 일반 사람이 아니었다.

'신기하기는 하지만… 위협이 되는 것은 아니야.'

냉정하게 상황을 분석하는 소결을 보고 기사갑옷은 다시 한 번 마상대검을 들고 달려왔다.

머리를 쪼갤 것처럼 떨어지는 마상대검을 본 소결이 보법을 사용해서 가볍게 피했다.

그리고 기사갑옷의 품으로 뛰어들듯 움직이며 가슴을 손바닥으로 가격했다.

텅!

철판을 두드리는 소리가 크게 울렸다.

가슴을 가격 당한 기사갑옷은 거대한 해머에 맞은 것처럼 가슴이 움푹 찌그러졌다.

그리고 수 미터를 날아가 벽에 부딪치고 떨어져 움직이지 않았다.

소결은 쓰러진 기사갑옷에 다가가 투구를 발로 툭 건드렸다.

투구는 바닥을 굴러가며 꽤 시끄러운 소리를 냈다.

'비었… 어?'

분명히 기사갑옷이 움직이는 것을 두 눈으로 봤었고 직접 싸우기도 했다.

그런데 희한하게도 갑옷 안에는 아무것도 없었다.

최소한 기계로 만들어진 로봇이 아닐까 짐작한 그녀에게는 꽤 당황스러운 결과였다.

하지만 그녀를 더욱 당황스럽게 만드는 일이 일어났다.

짝! 짝! 짝!

느닷없이 들리는 박수 소리에 뒤로 물러나 경계를 하며 소리가 난 곳을 바라봤다.

어둠 속에서 한 남자가 박수를 치면서 걸어 나왔다.

소결은 바로 얼마 전 공항에서 자신을 주시하던 남자라는 것을 알아챘다.

"이렇게 쉽게 리빙아머를 처리할 거라고 생각하지 못했는데 훌륭하군요. 아주 인상적입니다."

리빙아머라는 것은 방금 전까지 움직이던 갑옷을 말하는 것 같았다.

어떤 방법을 사용한 것인지 모르지만, 그가 갑옷을 움직인 것이라는 생각이 들었다.

"누구지?"

남자의 말에 동요도 없이 소결이 물었다.

그녀가 받은 정보에는 이런 능력자가 있다는 말은 없었다.

남자는 과장된 동작으로 허리를 숙였다.

그리고 한 손을 옆으로 펼쳐 보이며 중세의 서양식 인사를 해 보였다.

"저는 스펜서라고 합니다. 우리 공항에서 한 번 봤었죠?"

"당신은… 이곳을 경비하는 사람인가?"

"오! 설마 제가 겨우 그런 일을 하고 있을 거라고 생각하시다니… 상상력이 풍부하군요. 저도 당신처럼 뭔가 가져갈 것이 있어서 잠깐 들렀을 뿐입니다. 그런데 아마도 그물건이 같은 물건일 것 같군요."

스펜서의 말에 소결의 시선이 반영검으로 향했다.

알 수 없는 능력을 가진 스펜서보다 먼저 반영검을 손에 넣는 것이 좋다는 것을 떠올린 순간, 신법을 사용한 그녀의 몸은 순식간에 거리를 좁혀 반영검 앞에 나타났다.

반영검을 향해 손을 뻗어가는 그때, 그녀의 머리 위에 검은색 기운으로 만들어진 검이 나타나더니 살벌한 기운을 풍기며 떨어졌다.

반영검을 먼저 손에 넣을 수 있지만, 대신 머리가 쪼개질 것이 분명했다.

'칫······.'

혀를 차며 소결이 뒤로 피하자 스펜서는 그녀를 보면서 검지 손가락을 흔들었다.

"서로 대화를 하고 있는데 비겁하게 그러면 안 되죠."

소결의 눈이 가늘게 변했다.

그리고 그녀의 눈빛에서 차가운 한광이 흘러나왔다.

그것을 보던 스펜서는 비릿한 미소를 지었다.

"저를 죽일 마음을 먹은 모양입니다."

"반영검은 본국의 유물이다. 유물을 회수하려는 것을 막는다면··· 살수를 쓸 수밖에 없지. 목숨이 아깝다면 물러서는 편이 좋을 것이다."

"유물? 크크크! 하긴 이런 좋은 무기를 적절하게 사용하는 방법을 모르는 당신들에게는 겨우 유물 취급밖에 받을 수 없겠지요. 그렇기 때문에 저 검도 나를 따라가고 싶다고 저렇게 울고 있지 않습니까."

길게 얘기할 이유가 없었다.

소결은 자신의 허리에 손을 가져가서 버클처럼 생긴 것

을 잡고 당겼다.

그러자 허리에 걸려 있는 벨트에서 낭창낭창한 연검(軟劍)이 뽑혀 나왔다.

스펜서는 뱀의 혀처럼 보이는 연검을 보면서 피식 웃었다.

"재미있는 물건이군요. 하지만 그 검을 가지고 나를 상대할 시간이 과연 있을지 모르겠습니다."

그녀는 대답하는 대신 보법을 밟으며 그에게 다가갔다.

리빙아머를 상대하면서 사용했던 독문보법인 벽월유보(碧月遊步)였다.

흐릿한 그림자처럼 보일 만큼 소결은 빠르게 움직였다.

그리고 어느 순간 스펜서의 앞에 나타나 그의 목을 향해 연검을 휘둘렀다.

그것을 느꼈는지 스펜서는 손가락을 튕겼다.

딱!

손가락을 튕긴 소리가 울려 퍼지기 무섭게 스펜서 뒤의 어두운 공간에서 검은 피부에 검은 털을 달고 있는 사람 몸통만한 팔이 튀어나와 소결의 연검과 부딪쳤다.

캉!

놀랍게도 연검과 부딪친 팔은 상처가 남지 않았고, 심지어 쇠와 부딪친 듯한 소리가 울렸다.

깜짝 놀란 소결이 뒤로 물러서자 어둠 속에서 튀어나온 팔의 주인이 스펜서의 옆으로 걸어 나왔다.

거대한 몸집에 날카로운 손톱과 이빨, 커다란 뿔까지 달린 이 세상에 존재하지 않았던 괴생물체.

바로 키메라였다.

소결은 키메라를 보고 눈을 부릅떴다.

그녀가 방첩대 소속은 아니었으나 핵심적인 사항에 대해서는 잘 알고 있었고, 사람을 키메라로 만드는 GVD도 당연히 알고 있었다.

"흑귀(黑鬼)!"

중국에서는 키메라를 암중에 부르는 이름으로 흑귀라는 명칭을 사용하고 있었다.

스펜서는 소결을 보며 입을 열었다.

"대체 중국에서는 왜 그렇게 발음하기도 힘든 자국어로 이름을 붙이는지 모르겠군요. 정정해 드리지요. 이 녀석은 흑귀가 아니라 키메라라고 부른답니다."

"네가 이 악마 같은 마약을 만드는 놈이었구나!"

소결은 진심으로 분노했다.

사람이 사람을 재료로 이런 괴물이 되는 마약을 만들어

팔았고, 괴물은 순식간에 주변을 피바다로 만들면서 각국에서 문제를 일으키고 있다.

사람이라면 할 수 없는 짓이었다.

눈동자에 핏발이 일어설 정도로 분노한 소결을 보면서도 스펜서는 여전히 여유만만의 태도였다.

"대화를 할 태도는 아니군요. 그렇다고 할 말이 있었던 것은 아니지만……."

"너 같은 악마와 할 얘기는 없다!"

그녀가 첩보를 주로 하는 사람이라면 아마도 키메라에 대해서, 아니면 스펜서에 대해서 여러 가지 사항을 알아내려고 했을 것이다.

하지만 그녀가 하는 일은 정확히 말하자면, 지금처럼 특정 물건을 가져오거나 요인의 보호 및 암살이다.

스펜서는 낄낄거리며 웃다가 소결을 보고 속삭이듯이 말했다.

"죽여."

크아아아아!

명령을 받은 키메라가 어마어마한 속도로 소결에게 달려들어 손톱으로 그어갔다.

캉!

그그그극!

소결과 키메라의 손톱이 부딪치며 쇳소리가 울렸고, 소결을 짓누르려는 키메라와 버티는 소결의 힘겨루기로 인하여 듣기 싫은 소리가 울렸다.

내공을 이용하는 소결은 일반적인 사람이 낼 수 없는 힘을 사용할 수 있다.

그렇기에 키메라의 어마어마한 힘을 버틸 수 있는 것이다.

키메라는 자신의 힘을 버티는 소결을 보고 다른 손으로 그녀의 하체를 쓸어갔다.

그것을 본 소결이 내공을 격발해 자신을 누르는 키메라의 손톱을 밀어내고 급히 벽월유보를 사용해 키메라의 살상 범위에서 벗어났다.

신묘한 보법을 사용하는 소결은 잔상을 남길 정도로 빠르게 움직였다.

그리고 그 잔상들을 쫓아다니며 키메라가 공격을 날렸다.

다른 사람이 보면 당장이라도 소결이 큰 상처를 입을 것 같다고 느끼겠지만, 사실 지금 소결은 꽤 여유가 있는 상태였다.

아무리 키메라가 인간이 감당할 수 없는 괴물이라고 해도, 소결은 그 인간의 수준을 한참 뛰어넘은 무인이다.

단지 키메라 한 마리에 수세로 몰리기에는 그녀가 너무나 강했다.

이런 사항은 지켜보는 스펜서도 느낄 수 있었다.

"키메라 한 마리는 쉽게 대처를 하는군요. 대단히 인상적입니다. 그런데… 여기에 추가로 공격이 늘어나면 어떨까요?"

스펜서가 장난스럽게 말하며 손을 살짝 흔들자 그의 손에서 흘러나온 검은 기운이 아까 부서진 리빙아머로 들어갔다.

덜그럭!

머리가 날아간 기사갑옷이 자리에서 일어나 떨어져 있는 투구를 집어 썼다.

그리고 마상대검을 휘두르며 소결에게 달려들었다.

키메라의 공격을 피하던 소결은 리빙아머가 옆에서 마상대검으로 허리를 쓸어오는 것을 보고 가볍게 땅을 박차며 몸을 띄워 피했다.

그리고 공중에서 연검을 현란하게 흔들며 리빙아머의 투구를 갈라 갔다.

키메라는 리빙아머가 자신의 편이라고 느낀 것인지 투구가 쪼개질 것 같은 소결의 공세를 손톱으로 막아줬다.

소결의 공격을 막느라 드러난 키메라의 가슴을 발로 가

격하자 커다란 몸집의 키메라가 뒤로 몇 미터나 밀려났다.

내공이 가미된 소결의 발차기는 거의 해머로 가격한 것과 비슷한 힘을 가졌기에 사람이었다면 가슴이 모두 부서졌을 것이다.

하지만 키메라는 이미 인간의 신체와는 전혀 다른 구조가 되어서 가슴이 부서지지는 않았다.

오히려 더 광폭한 괴성을 지르며 달려와 소결을 난자할 것처럼 손톱을 휘둘렀다.

하지만 소결은 키메라와 리빙아머의 공세를 보법으로 쉽게 피하며 빈틈 공격을 멈추지 않았다.

'흐음……. 이 정도는 부족할 것 같군.'

소결이 싸우는 것을 보던 스펜서는 손을 흔들어 세 개의 검은 기운을 더 뿌렸다.

검은 기운은 허공에서 유영하는 것처럼 움직이다가 하나는 할버드를 들고 있는 중세 갑옷에, 다른 하나는 일본 사무라이 갑옷에, 마지막 하나는 고대 중국 갑옷으로 흘러들어 갔다.

검은 기운이 들어간 갑옷들이 잠시 부들거리다가 서서히 일어서며 유리벽을 부수고 튀어나왔다.

그리곤 각자의 무기를 뽑고 소결에게 달려들었다.

키메라의 공격을 피하고 반격을 가하려던 소결의 뒤에서 사무라이 리빙아머가 일도양단의 기세로 검을 내려친다.

그것을 느낀 소결이 옆으로 피하고 검을 움직이려고 할 때, 중세갑옷 리빙아머가 바스타드 소드로 허리를 갈라왔다.

소결이 그것마저 피하자 할버드가 날아오며 그녀의 움직임을 제어하고 키메라와 마상대검이 공격한다.

소나기처럼 쏟아지는 공세는 소결이 쉴 틈도 없이 바쁘게 보법을 밟으며 움직이도록 만들었다.

단 한 번의 빈틈도 보이지 않을 정도로 리빙아머들과 키메라의 공격은 끝없이 쏟아져 나왔다.

바쁘게 피하는 소결은 본 스펜서는 한 번 웃어 보이고 반영검을 향해 걸어갔다.

"그동안 나는 이 낡아빠진 검을 가지고 다음 단계를 향해 움직여 볼까?"

반영검을 향해 걸어간 스펜서가 검을 집어 들었다.

그 모습은 정신없이 움직이던 소결의 눈에도 들어왔다.

이를 악문 소결은 달려드는 키메라와 리빙아머를 향해 발을 들어 강하게 진각(震脚)을 밟았다.

쾅!

소결이 밟은 바닥이 깊게 파이며 발자국이 진하게 남았다.

그리고 그곳을 중심으로 퍼져 나오는 강력한 내공은 달려들던 키메라와 리빙아머를 뒤로 밀어내기까지 했다.

소결의 연검에 섬광이 서리기 시작했다.

검기(劍氣)였다.

다시 달려드는 키메라와 리빙아머를 향해 검이 움직이자 검기는 마치 채찍처럼 늘어지며 검을 따라 크게 움직였다.

검기는 부딪치는 모든 것을 베어버렸다.

검이 들어가지 않던 키메라의 단단한 피부도, 리빙아머의 철갑도 검기가 지나가는 길을 막을 수 없었다.

서거거걱!

서늘한 한기를 느끼게 만드는 소리가 울려 퍼지고 키메라와 리빙아머의 움직임이 멈췄다.

그리고 한순간 리빙아머가 무너지며 키메라의 한쪽 팔이 잘려서 날아갔다.

CHAPTER
05

여행의 끝

ALCHEMIST

쿠오오오!

키메라가 잘린 팔을 부여잡고 귀가 찢어져라 비명을 질렀다.

소결은 그런 키메라를 무시하며 반영검을 들고 자신을 바라보고 있는 스펜서를 향해 쏘아져 가며 검을 휘둘렀다.

그녀의 검에는 방금 전 리빙아머를 처치한 것처럼 검기가 서려 있었다.

스펜서는 한 손을 들어 올리며 조용히 말했다.

"블러드 실드(Blood Shield)."

그의 말이 끝나자 투명한 붉은 유리와 같은 벽이 생겼다.

그것을 본 소결은 속으로 비웃음을 던졌다.

그녀의 검기는 한 아름 하는 콘크리트 기둥도 가르는 힘을 가졌다.

그렇기에 저 얇은 벽을 가르고 스펜서의 목을 날리게 되는 것을 의심하지 않았다.

카캉!

검기가 서린 연검과 붉은 유리벽이 부딪치며 불꽃을 토해냈다.

소결은 눈을 크게 뜨며 놀란 감정을 숨기지 못했다.

스펜서가 불러낸 투명한 유리벽은 갈라지기는커녕 어떠한 흠집도 생기지 않았던 것이다.

놀란 소결을 보던 스펜서가 웃음을 흘렸다.

"그게 당신들이 사용한다는 검기라는 것이군요. 신기하기는 하지만… 저에게는 그다지 위협이 되지 않습니다."

소결은 입술을 깨물고 보법을 밟으며 스펜서의 측면으로 이동했다.

그러면서 자신이 낼 수 있는 최대한의 내공을 이용해 검기를 만들었다.

그녀의 연검에 서린 검기가 두 배는 굵어지고 진한 색으로 변했다.

하지만 연검을 날리기 전에 스펜서의 입이 먼저 열렸다.

"본 스피어(Bone Spear)."

뼈로 만든 사람만 한 창이 허공에서 나타나 소결의 가슴을 향해 쏘아졌다.

바로 근거리에 있었던 소결은 갑자기 나타난 창이 자신을 노리자 이를 악물었다.

그리고 스펜서를 공격하려던 검의 경로를 바꿔 창과 정면으로 부딪쳤다.

쾅!

연검을 타고 흐르는 충격이 대단해 하마터면 검을 놓칠 뻔했다.

그 충격을 모두 해소하지 못한 소결은 뒤로 2미터 정도 밀려났다.

다시 공격하려던 소결은 뒤에서 느껴지는 살기에 땅을 박차고 공중으로 몸을 띄웠다.

그녀가 방금 전까지 있던 공간을 어느새 다가온 키메라의 손톱이 무서운 힘으로 스쳐 지나갔다.

소결은 공중에서 한 바퀴를 돌고 멀찍이 내려섰다.

키메라는 그녀를 보며 분노를 표출하듯이 한 번 으르렁 거렸다.

그리고는 잘려진 자신의 팔을 들어 잘린 부위에 맞췄다.

그러자 놀랍게도 세포가 서로 연결되더니 다시 붙었다.

이상 없이 붙었는지 확인하듯 팔을 몇 번 움직여 본 키메라가 다시 달려들려는 자세를 취했다.

그러자 스펜서가 손을 들어 막았다.

"키메라 하나와 리빙아머 네 마리면 충분히 상대할 수 있을 것이라고 생각했는데, 내가 당신을 너무 과소평가한 모양이군요. 지금이라도 알았으니 당신에게 걸맞은 대우를 해줘야겠습니다."

딱!

말을 마친 스펜서가 다시 손가락을 튕겼다.

그러자 그의 그림자에서 키메라의 팔 하나가 불쑥 튀어나왔다.

그리고 구멍에서 빠져나오듯 천천히 기어 나와 옆에 섰다.

그렇게 그림자에서 빠져나오듯 기어 나온 키메라의 숫자

는 모두 다섯.

원래부터 있는 키메라까지 합쳐서 여섯의 키메라가 슬금 슬금 움직여 소결을 가운데 두고 포위했다.

'…아직은 감당할 수 있어.'

이미 키메라의 능력은 봤다.

일반인에게는 키메라 한 마리만 있어도 재앙에 가까웠 다.

하지만 그녀에게는 충분히 감당할 힘이 있었다.

문제는 스펜서였다.

검기를 쉽게 막은 그가 대체 어느 정도의 힘을 가지고 있을지 짐작되지 않았다.

그런 소결의 마음을 읽었는지 스펜서는 히죽 웃었다.

"내가 혹시 당신에게 공격을 가할 것이라 생각을 했나 요? 다행히도 저는 그런 생각은 없습니다. 아직 남은 일들 이 있으니까요."

"……."

"하지만 그렇다고 이 녀석들만 상대하면 너무 쉬울 것 같으니… 조금만 힘을 더하는 것으로 하지요. 커즈 리엔포 스(Curse Reinforce)."

마법이 발동하자 키메라의 머리 위로 붉은 비가 내리는 환영이 보였다.

그리고 키메라들이 변이하기 시작했다.

우드드득!

사람보다 상체 하나 정도 컸던 키메라의 몸이 머리 하나 더 커졌다.

몸의 근육이 더욱 두꺼워지고 손톱은 더 길게 튀어나왔다.

검은색이던 몸의 색깔은 붉은색으로 변했다.

뭔가 상황이 심상치 않게 돌아간다는 것을 소결은 느꼈다.

그녀는 급히 검기를 끌어 올려 옆에 있는 키메라의 목을 향해 검을 날렸다.

카각!

두꺼운 쇳덩이에 검이 박힌 듯한 소리가 울렸다.

검기가 흐르는 연검은 어느새 키메라가 들어 올린 팔에 박혀 있었다.

아까 검기에 쉽게 잘렸던 키메라의 팔이었다.

하지만 이번에는 겨우 한 치도 박히지 못하고 있었다.

쿠오오오오!

변이를 마쳤는지 키메라는 괴성을 지르며 붉게 변한 눈으로 소결을 노려왔다.

그러다 스펜서에게 시선을 돌렸다.

마치 허락을 바라는 것처럼.

스펜서는 환하게 웃으며 손가락을 까딱였다.

"이번에는 진짜 죽여야 된다."

허락이 떨어지자마자 키메라의 손톱이 아까와는 비교도 할 수 없는 속도로 소결을 향해 떨어졌다.

황급히 피한 소결이 키메라에게 검을 다시 날리려고 할 때, 사방에서 다른 키메라들의 공격이 날아왔다.

능력이 강화된 키메라의 공세에 소결은 검을 날릴 시간도 없이 보법을 밟으며 피해야 했다.

그것을 지켜보던 스펜서는 자신의 손에 들린 반영검을 보며 중얼거렸다.

"목적을 달성했으니 이제 다음 단계를 준비하러 가볼까?"

스펜서는 이제 이곳에 볼일이 없다는 것처럼 어디론가 걸어갔다.

그가 떠난다는 것은 알았지만 소결이 할 수 있는 것은 없었다.

이상한 마법에 의해서 강화된 키메라였다.

그것들은 하나하나가 거의 자신과 비슷한 수준의 움직임과 힘을 보여주고 있었다.

지금은 살아남는 것도 자신할 수 없었다.

서걱!

"크윽!"

등에서 느껴지는 짜릿한 격통은 정신이 아찔해지게 만들었다.

그렇다고 고통에 몸을 움츠리면 바로 죽음으로 이어지기 십상이다.

눈을 뜨니 앞에서 날아드는 키메라의 손톱이 세 개나 보였다.

하나라면 튕겨내고 반격을 가하는 것도 가능하지만 지금은 목숨을 걸어야 했다.

반격할 생각은 일찌감치 접고 서둘러 보법을 밟아 키메라의 공세를 피하면서 마음속으로 소리쳤다.

'여기를 피해야 해!'

겨우 보법으로 죽음을 면하고 있는 소결은 더 넓은 공간이 필요했다.

넓은 공간이 있다고 해도 이 괴물들을 상대하기는 어려웠다.

하지만 최소한 피할 수는 있을 것 같았다.

결정을 해도 그녀의 마음대로 당장 피하기는 어려웠다.

맹렬하게 달려드는 키메라들의 공세 속에서 경솔하게 움

직인다는 것은 죽음을 뜻하기 때문이었다.

'한 걸음씩…….'

키메라의 공격을 피하면서 조금씩 움직이면 도주할 기회는 올 것이라 생각한 소결이 결의가 가득한 눈으로 달려드는 키메라들을 보며 안광을 뿜었다.

*　　*　　*

헨릭에게서 벗어난 창준은 곧장 라스베이거스로 날아가면서 전화를 걸었다.

신호음이 울리고 잠시 후 누군가 전화를 받았다.

―창준? 이 늦은 시간에 무슨 일이오?

전화를 받은 사람은 패트릭이었다.

늦은 시간이었으나 아직 잠을 자고 있었던 것은 아닌지 패트릭의 목소리는 평소와 같았다.

"문제가 생겼습니다! 지금 당장 급하게 당신 도움이 필요합니다!"

―문제라니? 무슨 사고라도 생겼소?

패트릭은 이번에 라스베이거스에 온 목적이 가족과의 여행이라는 사실을 잘 알고 있었다.

그가 생각할 수 있는 것은 교통사고 정도였다.

갑작스럽게 미국의 특수요원으로 생각되는 사람에게 습격을 받았고, 그들이 자신을 잡아가려고 한다는 말을 할 수는 없었다.

패트릭이 자신의 말을 믿는가 아닌가의 문제가 아니었다.

창준은 아직 패트릭을 완전히 믿을 수 있다고 생각하지 않았다.

특히 지금은 미국 정부에서 자신을 잡으려고 하고 있다.

이런 상황에서 그가 알 수 없는 애국심을 발휘하여 오히려 자신을 곤란한 상황에 빠트릴지 어떻게 안다는 말인가.

물론 패트릭을 그 정도로 믿지 않는 것은 아니지만, 쓸데없는 말을 할 필요는 없었다.

"조금 곤란한 문제가 생겨서 지금 당장 라스베이거스를 벗어나 한국으로 돌아가야 할 것 같습니다."

─대체 어떤 문제가 생겼길래 이렇게 급하게 돌아간다는 말이오?

"정확한 상황은 나중에 설명을 드리기로 하고, 도와주는 것이 가능합니까?"

창준의 말에 패트릭은 더 물어보지 않고 말했다.

―내가 뭘 도와주면 되겠소?

"일단은 제 가족을 보호할 수 있는 인력과 라스베이거스를 벗어날 교통수단, 그리고 한국으로 떠날 비행기를 마련해 줬으면 합니다. 특히 상대가 누구든지 의뢰를 완수할 사람으로 보내주십시오."

―으음……. 알겠소. 일단 사람은 지금 당장 보내도록 하겠소. 아무래도 그곳까지 가는 시간이 있으니… 30분 정도는 필요할 것 같소. 그리고 비행기는 당장은 힘들 것 같은데, 아마도 당신이 라스베이거스를 벗어날 시간이면 준비될 것이라고 생각되는군.

"알겠습니다. 그러면 저도 준비를 하도록 하겠습니다."

―무슨 일인지 모르지만 몸조심하게.

전화를 끊은 창준은 마나를 더 아낌없이 사용하며 가족들이 있는 라스베이거스 호텔을 향해 더욱 빠른 속도로 날아갔다.

패트릭이 보내준다는 사람들이 30분 후에 도착한다고 하니, 가족들이 떠날 준비를 하기 위해서 최소한 10분은 필요했다.

그 정도면 짐을 챙기기에는 짧은 시간이나 옷을 입기에는 충분한 시간이다.

나머지 물품들은 다시 구입하면 되는 일이다.

그렇게 생각하며 박차를 가한 창준은 그의 생각대로 20분 정도 지났을 때 호텔에 도착할 수 있었다.

대신 마나가 꽤 많이 소모되었으나 상관없었다.

마나는 조금씩이지만 다시 돌아오는 것이었다.

그리고 무엇보다 준비를 마치는 대로 미국을 떠날 것이니까.

인비저블 마법을 사용해서 사람들의 시선을 피한 후, 투숙하고 있던 호텔 방에 들어간 창준은 불을 켜려다가 멈췄다.

'객실 불이 켜지면 감시하던 사람들의 눈에 걸리지 않을 리 없겠지?

창준은 간단한 마법을 사용해서 어둠 속이지만 대낮처럼 환하게 모든 것을 볼 수 있었다.

가족들은 그렇지 못하겠지만 어쩔 수 없다.

조용히 어머니와 은미의 방으로 들어간 창준은 자고 있는 두 사람의 어깨를 살짝 흔들며 조그만 목소리로 말했다.

"어머니, 은미야. 일어나."

"으음… 무슨 일이니?"

"난 몰라… 잘 거야… 깨우지 마……."

어머니는 창준이 깨우자 바로 일어났다.

하지만 은미는 기어 들어가는 목소리로 말하며 몸을 뒤척일 뿐 일어나지 않았다.

은미가 일어나는 것을 기다리지 않고 어머니에게 먼저 조용히 말했다.

"이제 떠나야 돼요."

"떠나? 떠나다니? 이 밤중에 어디를 관광한다는 말이니?"

"관광이 아니고, 다른 곳으로 떠나야 한다고요. 지금 당장이요."

크지는 않지만 창준의 목소리에는 지금의 심각한 상황에 대변하는 것처럼 무거웠다.

어머니는 더럭 겁이 났다.

"대체 무슨 일인데 그런 거니? 좀 알아듣게 설명을 해줘봐."

"아… 시간이 없어서 그런데 일단 옷부터 입으시고 나중에 설명을 해드리면 안될까요?"

"아니, 무슨 일인지는 알아야……."

창준은 어머니의 말을 잘랐다.

"어머니, 부탁이에요. 제발 제 말대로 해주세요."

진지하고 무거운 말에 어머니는 잠시 창준의 얼굴을 보

왔다.

그러다 고개를 끄덕이며 침대에서 일어났다.

"알겠다. 은미는 내가 깨워서 옷을 입힐 테니 나가서 기다려라."

"서둘러 주세요, 시간이 많지 않아요."

창준이 방에서 나오자 안에서 어머니가 은미를 깨우는 소리가 들렸다.

은미가 잠에 취해 투정 부리는 소리를 들으면서 창준은 혹시 챙길 것은 없는지 이리저리 움직였다.

그렇게 몇 분이 지나자 누군가 조그맣게 방문을 두드리는 소리가 들렸다.

낮이었다면 듣지 못했을 정도로 작은 소리였다.

벨이 있는데도 누르지 않고 이렇게 방문을 두드린다는 것은 이상하지 않았다.

창준의 관심은 다른 것에 있었다.

지금 방문을 두드리는 사람이 패트릭이 보낸 사람인지, 아니면 자신을 잡으려고 하던 사람인지가 중요했다.

여차하면 마법을 사용할 준비를 잔뜩 하고 문으로 다가간 창준은 렌즈 구멍으로 밖을 확인했다.

40대 정도의 외모에 강인한 인상을 가진 백인 남자가 말쑥한 회색 정장을 입고 서 있는 것이 보였다.

"누구시죠?"

"맥데이드 회장님이 보내셨습니다."

창준이 기다리던 사람이었다.

문을 열자 남자는 안으로 들어와 창준과 악수를 했다.

"에드가라고 합니다. 에드라고 부르시면 됩니다."

"와주셔서 감사합니다. 알스라고 부르십시오."

"준비는 모두 마쳤습니까?"

"조금만 기다려 주십시오. 가족들이 곧 나올 겁니다. 혹시 혼자 오신 겁니까?"

창준은 문 밖에 다른 사람이 있는지 확인하면서 물었다.

그의 말에 에드는 무뚝뚝하게 말했다.

"그 부분은 걱정하지 않으셔도 됩니다. 상황이 어떻게 돌아가는지 설명을 좀 해주시면 좋겠는데요."

"죄송합니다만 말씀드릴 부분은 그리 많지 않군요. 어떤 놈이 저를 납치하려고 했었고 지금 당장 라스베이거스를 떠나 패트릭, 아니, 맥데이드 회장이 준비한 비행기를 타면 됩니다."

거짓은 아니었다.

단지 알고 있는 사실 몇 가지를 얘기하지 않았을 뿐이다.

에드는 말을 듣고 묘한 미소를 띠며 창준을 바라봤다.

"정말 그게 끝입니까?"

"뭘 기대하는지 모르겠지만 그게 끝입니다."

"…알겠습니다. 하지만 이거 하나만 알아주시기 바랍니다. 당신이 말하지 않은 사실 때문에 일이 더 번거로워질 수 있다는 것을 말입니다."

'더 얘기하면 내가 번거롭게 되겠지.'

상대는 아마도 미국 정보부라고 하는 CIA일 가능성이 다분하다.

상대가 CIA라면 과연 어떻게 나올지 모른다.

특히 초능력자에 대한 얘기를 하면 미쳤다고 할지도 모르고 말이다.

그러는 사이 방문이 열리고 어머니와 은미가 나왔다.

어머니에게 무슨 얘기를 들었는지 모르지만 은미는 잔뜩 겁을 먹은 모습이었다.

방에서 나오던 두 사람은 문득 에드를 보고 움찔하며 놀랐다.

"어머니, 이쪽은 에드라고 저희를 도와주려고 오신 분이세요."

"안녕하십니까, 에드라고 합니다."

에드는 동양식으로 허리를 굽혀 인사를 하고 창준을 보

며 말했다.

"준비가 되셨으면 서둘러 출발을 하도록 하지요."

창준과 가족들은 앞장서서 걸어가는 에드를 따라서 움직였다.

엘리베이터에 탑승하자 에드는 지하주차장 버튼을 눌렀다.

아마도 그곳에 이동할 차량이 있는 것 같았다.

창준은 이 에드라는 사람이 대체 어떤 사람인지 궁금했다.

최소한 자신은 아니더라도 가족을 지켜줄 정도의 사람이었으면 좋겠다는 생각이었다.

"실례가 되지 않는다면 당신이 어떤 사람인지 들었으면 합니다."

"궁금한 부분이 있으면 물어보십시오."

"군인이었습니까?"

"맞습니다. 정확히 말하면 네이비씰(Navy SEAL)이었습니다. 지금은 민간업체인 블랙워터(Black Water) 소속이지만요."

네이비씰은 미국 특수 부대 중 하나로 그린베레(Green Berets), 레인져(Ranger), 델타포스(Delta Force)와 함께 최고로 손꼽히는 곳이다.

물론 전 세계를 대상으로도 마찬가지고 말이다.

블랙워터는 민간 용병회사를 칭하는 것으로, 정식 명칭은 PSF(Private Security Firm)다.

미국의 특수부대를 전역한 사람들을 대상으로 인원 모집을 한다.

또한 각종 물품은 미국 정규 부대 못지않을 정도로 갖추고 있었다.

특히 PMC(Private Military Company, 민간군사기업) 중에서도 최상위에 위치하고 있어서 전 세계에 명성을 떨치고 있다.

물론 창준이 이런 내용을 모두 알고 있지는 않다.

단지 네이비씰이 액션영화에서 자주 나왔던 특수부대라는 것은 알고 있다.

네이비씰이라면 당연히 믿을 수 있을 정도의 명성이 있는 곳이라는 것도 알고 있다.

하지만 자신을 잡으려고 하는 곳이 미국 정부라는 것을 알고 있는 창준에게는 고민이 되지 않을 수 없었다.

보호를 위해 부른 사람이 중요한 순간에 등을 돌리면 골치 아프기 때문이다.

"그러면 미국 특수부대 출신이니 타국을 대상으로 일하는 것이 보통이겠군요."

창준이 자신의 의도를 살짝 내비쳤다.

그리고 그의 의도를 에드는 정확히 파악했다.

"일반적으로는 그렇지만 어차피 우리야 고용한 사람을 위해서 일하는 것이니 딱히 그렇지도 않습니다."

씨익 웃으며 말하는 에드는 상대가 누구든지 상관이 없다는 태도를 확실히 했다.

띵!

엘리베이터가 도착하고 문이 열리자 조금 떨어진 위치에 검정색 SUV와 운전석에 있는 한 사람이 보였다.

에드와 다르게 탄입대를 착용하고 있는 것이 보여 한눈에도 전형적인 용병처럼 보였다.

"저 차를 타시면 됩니다."

"어머니, 저 차에 타도록 해요."

창준은 어머니와 은미를 이끌고 SUV에 탑승했고 에드는 조수석에 탔다.

차는 천천히 호텔을 빠져나와 도로로 이동하기 시작했다.

정적이 흐르던 차 안에서 어머니와 은미는 창준에게 작은 목소리로 질문을 쏟아냈다.

"이제 무슨 일인지 말해줄 수 있겠니?"

"그래, 오빠. 이게 대체 무슨 일이야? 이 밤중에 어디를

간다는 건데? 이 사람들은 다 뭐고? 혹시… 오빠 무슨 범죄 같은 일을 벌인 거야?"

창준은 불안함과 걱정이 가득한 얼굴의 어머니와 은미를 보며 작게 한숨을 쉬었다.

"일단 내가 범죄를 저지른 적이 없다는 것은 분명하게 말할 수 있어."

"그러면 대체 왜 이렇게 도망치듯이 떠나는 건데?"

"아아… 이걸 어디서부터 설명하지?"

"어디서부터가 아니라 처음부터 전부 설명을 해줘!"

설명을 하는 것도 나쁘지 않은 방법이었다.

하지만 그렇다고 모두 말해줘도 어디까지 믿을 수 있을까.

"우선 우리가 지금 이렇게 급하게 떠나는 것은 어떤 사람이 나를 납치하려고 했기 때문이야."

"납치? 납치라니?"

어머니는 납치라는 말에 깜짝 놀라며 외쳤다.

"진정하세요. 제가 납치될 일은 없을 테니까요. 하지만 상황이 안 좋으니까 일단 한국으로 돌아가려고 하는 겁니다."

"네가 무슨 잘못을 했다고 납치를……."

계속해서 뭔가를 물어보려던 어머니는 순간 이야기를 멈

추었다.

갑자기 멈춘 차와 밖에서 울리는 요란한 사이렌 소리에 당황하며 창밖을 바라봤다.

몇 대의 검은 SUV가 창준과 가족이 타고 있는 차를 가로막고 있는 것이 보였다.

가로막은 차에서 검은 정장을 입은 사람들이 달려 나왔다.

그리고 타고 온 차를 엄폐물 삼아서 권총을 겨누고 있었다.

이때 뒤에 있는 차에서 내린 한 사람이 앞으로 걸어 나왔다.

얼마 전에 만났던 사람, 바로 헨릭이었다.

헨릭은 차 밖으로 나왔지만 길을 가로막고 있는 차 옆에 서서 움직이지 않았다.

단지 알 수 없는 시선으로 창준과 가족이 타고 있는 차를 바라보고만 있었다.

창준은 어쩐지 그의 시선이 말하려고 하는 것을 알 수 있었다.

그는 자신이 조용히 잡히기를 바라는 것이다.

"저… 저 사람들이 너를 납치하려고 했다는 사람들이니?"

"오빠! 저 사람들 경찰 아니야?"

당황하며 시끄럽게 질문을 던지는 어머니, 은미와 다르게 앞좌석에 앉아 있던 에드는 전혀 당황하지 않고 고개를 돌려 물었다.

"어떻게 할까요?"

"…선택의 여지는 있는 겁니까?"

"선택은 항상 할 수 있습니다. 원하신다면 강행 돌파도 가능합니다."

에드는 말을 하면서 품에서 권총을 꺼냈다.

운전을 하던 사람도 권총을 꺼내서 약실을 확인하고 있었다.

"저들은 미국의 특수 요원일 수 있습니다. 당신들은 저들의 말에 따라야 하는 것 아닙니까?"

"저들이 미국의 특수 요원이라면 당연히 따라야 하지요. 하지만 저들은 아직 자신들이 누군지 단 한마디도 하지 않았습니다. 뭐, 차에 달린 사이렌은 5달러면 살 수 있는 물건이니까 믿을 수 있는 것은 아니지요."

피식 웃으며 말하는 에드의 표정에서는 이미 저들이 누군지 짐작하고 있다는 느낌이 들었다.

하지만 무슨 이유에선지 창준의 말을 따르려는 것 같았다.

"저들이 총을 사용하면?"

"이 차는 방탄입니다."

차가 방탄이라니 일단 어머니와 은미의 안전은 어느 정도 확보가 되었다는 생각이 들었다.

하지만 그렇다고 강행돌파를 지시할 수 없었다.

어머니와 은미는 텔레비전에서나 보던 권총을 직접 보게 되자 공포에 질려 있었다.

이 상황에서 진짜 총격전이 벌어지고 쫓긴다면 견딜 수 없을 것이다.

창준은 결심했다.

"내가 나갑니다. 당신들은 이 두 사람만 지켜서 비행기에 태워주세요."

일단 어머니와 은미를 안전한 곳으로 대피시키기로 했다.

자신에게는 마법이 있다.

그러니 위험한 상황이 되기 전에 아까처럼 도망칠 수 있을 것이다.

창준의 말에 에드는 잠시 생각하다가 말했다.

"…당신이 원하는 대로."

창준은 어머니와 은미의 손을 꼭 잡고 말했다.

"어머니, 저는 여기서 내려야 할 것 같아요."

"아, 안 돼!"

"어딜 가려고 혼자 내린다는 거야?"

두 사람을 안정시키기 위해서 창준은 얼굴에 미소를 띠었다.

"걱정하지 마세요. 아마 뭔가 잘못된 것이 있을 거예요. 차에 타고 있으면 이 사람들이 비행기로 데리고 갈 겁니다. 그 비행기를 타면 한국에 데려다 줄 테니 은미를 잘 챙겨서 가세요."

"창준아!"

"오빠!"

창준은 두 사람의 손을 놓고 차에서 내렸다.

그가 앞으로 걸어 나가자 한쪽에 서 있던 헨릭도 앞으로 나왔다.

두 사람은 곧 서로 마주보고 섰다.

시간이 늦었기에 거리에는 사람이 많이 없었다.

하지만 자리에 있는 사람들은 휴대폰으로 이 장면을 찍기 바빴다.

헨릭은 주위를 둘러보면서 휴대폰으로 촬영하는 사람들을 바라봤다.

"조용히 끝낼 수 있는 일이 상당히 시끄러워졌군."

"일을 시끄럽게 만든 사람은 내가 아닌 것 같은데."

"그러니까 조용히 따라왔으면 좋잖아."

"이유도 모르고 이상한 힘을 사용하는 사람이 핍박하는 상황에서 그를 따라가는 사람은 전 세계에 아무도 없을 거다."

"네가 이상한 힘이라고 말하니 웃기군. 아무튼 이렇게 쓸데없는 이야기를 계속할 이유는 없을 것 같고… 조용히 따라올 텐가?"

헨릭의 물음에 창준은 고개를 슬쩍 돌리며 어머니와 은미가 타고 있는 차를 눈짓으로 가리켰다.

"먼저 저 차를 보내면 생각해 보지."

"흐음… 가족들은 건들지 말라는 말이군. 조용히 따라온다면 들어주지 못할 말도 아니지."

헨릭이 손짓을 하자 차량이 움직여서 길을 터줬다.

어머니와 은미가 탄 차가 지나가면서 창준과 눈이 마주쳤다.

창준은 차 안에서 울고 있는 두 사람을 보며 미소를 지어 보였다.

가족들이 탄 차는 길을 따라 떠났다.

"자! 이제 순순히 따라갔으면 하는데… 설마 아까처럼 다시 도주를 하겠다는 마음은 아니겠지? 이제 힘들 테니 그러지 말아줬으면 하는데."

헨릭의 말에 창준은 수갑을 채우라는 것처럼 두 손을 내밀었다.

그러자 헨릭의 미소가 짙어지며 권총을 겨누고 있는 다른 요원에게 신호를 보냈다.

신호를 받은 요원 한 명이 나와 품에서 수갑을 꺼내 창준의 두 손에 채웠다.

"이 수갑을 가지고 네가 사용하는 리들 에너지를 제어할 수 없다는 것은 알고 있다. 하지만… 그렇다고 섣불리 행동하지 않을 것이라고 믿겠어."

"수갑을 지금 지켜보는 사람들에게 보이기 위한 쇼인가?"

"그렇지. 그러니 조용히 가자."

어차피 아직은 도망칠 생각이 없었다.

도망은 어머니와 은미가 미국 땅을 벗어났다고 생각되는 시간이 되면 할 것이다.

범죄자가 체포되는 것처럼 끌려간 창준은 차에 태워졌고, 헨릭은 조수석에 앉았다.

창준의 양옆에는 권총을 겨누고 있는 두 사람이 타서 철저히 경계를 하고 있었다.

차가 움직이자 창준이 물었다.

"나를 왜 잡아가는 거지? 설마 아직도 내가 유럽 쪽에서 나온 스파이 같은 거라고 생각하는 건가?"

"그거야 나도 모르지. 그런 판단은 내가 할 필요 없다. 너를 심문할 사람은 따로 있으니까."

"그러면 내가 유럽 쪽 사람이 아니라고 하더라도 믿지 않겠군."

창준의 말에 헨릭은 조수석으로 상체를 돌려 창준을 바라보며 웃었다.

"리들 에너지는 유럽 쪽에서 사용하는 힘이다. 다른 나라 사람들이 사용하는 일은 절대로, 한 번도 없었던 일이야. 극비로 다뤄지는 그 힘을 사용하고 있는데, 네가 아무리 부정해도 소용없는 일이라는 것을 말해주고 싶군."

확신에 가득 찬 헨릭의 말에 창준은 씁쓸한 입맛을 다셨다.

이 정도로 확신을 가진 사람에게 아무리 말을 해봐야 소용없는 일이다.

창준이 입을 닫자 차 안에는 엔진이 울리는 작은 소리만이 남았다.

그런데 전혀 생각하지 못했던 일이 일어났다.

콰쾅!

엄청난 굉음과 함께 앞에서 보이는 헤이터 빌딩 최상층의 유리가 산산조각 나서 떨어졌다.

불꽃이 튀었다면 폭발이 일어났다고 생각할 정도였다.

끼이익!

"대체 뭐야!"

움직이던 차가 멈추고 헨릭이 고함을 치며 올려다봤다.

"사람이… 사람이 괴물과 싸우고 있습니다!"

다른 요원이 외쳤으나 이미 헨릭도 직접 두 눈으로 목격하고 있었다.

빌딩의 유리벽을 밟으며 싸우는 한 사람과 여섯 마리의 괴물의 모습을 말이다.

CHAPTER
06

활성화

ALCHEMIST

"꺄아아악!"

"저, 저게 대체 뭐야!"

"몬스터! 몬스터다!"

사람들은 헤이터 빌딩 벽을 타며 싸우고 있는 소결과 키메라들을 보면서 비명을 지르고 사진 촬영을 하기 바빴다.

잔뜩 일그러진 얼굴의 헨릭이 촬영하기 바쁜 사람들을 보면서 소리쳤다.

"제길… 서둘러서 사람들을 대피시키고 정보 통제를 시

행해!"

요원들이 사람들에게 소리치며 대피를 시키기 시작했
다.

그것을 확인한 헨릭은 다시 시선을 소결과 키메라들에게
맞췄다.

"분명히… 저건 트롤이라고 암호명을 붙였던 유전자 조
작 괴물인 것 같은데… 색깔이 달라. 그리고 싸우고 있는
저건 뭐지?'

혼자 중얼거리던 헨릭이 쓰고 있던 선글라스에 손가락을
가져다 댔다.

그러자 선글라스에서 움직이는 소결과 키메라를 포착하
고는 확대를 시켰다.

"치명상은 없지만 꽤 많이 다쳤고… 중국의 무인이군, 여
자인 것 같고. 무인이 들어왔다는 것을 왜 아무도 알려주지
않았던……."

"으헉!"

헨리는 차에서 들리는 소리에 말을 멈추고 고개를 돌렸
다.

그의 시선에 차 안에서 경악한 얼굴로 식은땀을 줄줄 흘
리는 창준이 들어왔다.

'이… 이건… 흑마법! 그것도 최소 4서클의 흑마법사다!'

분명히 아까까지는 전혀 느껴지지 않았다.

그런데 빌딩의 유리가 부서지면서 폭풍처럼 흑마법의 마기가 몰아쳤다.

그 얘기는 유리가 깨지기 전까지는 흑마법의 마기가 밖으로 새어 나가지 못하도록 막는 무언가가 있었다는 말이다.

의혹이 가득한 시선을 주며 창준에게 다가온 헨릭이 물었다.

"왜? 아는 사람인가?"

창준은 식은땀을 닦으며 길게 한숨을 쉬었다.

"후우… 모르는 사람이다."

"그런데 왜 그리지?"

창준은 헨릭의 말에 입술을 잘근 씹으며 소결과 키메라가 싸우는 빌딩을 바라봤다.

아니, 정확히 말하자면 빌딩 옥상이 있는 곳을 바라봤다.

다른 사람들은 옥상에서 아무런 느낌도 받지 못하겠지만 창준은 달랐다.

그에게는 그곳에서 뿜어져 나오는 불길한 기운이 하늘까지 치솟는 것을 똑똑히 보였다.

"내가 당신이라면 나한테 신경을 쓸 것이 아니라 저 빌딩의 옥상에 가보겠어."

                    *   *   *

"이것 봐라. 저기에 4서클 마법사가 있네. 유럽에서 나온
놈인가?"

스펜서는 옥상에서 아래를 내려다봤다.

아니, 정확하게는 차에 타고 있는 창준과 눈이 마주쳤
다.

그는 입꼬리를 올리며 피식 웃었다.

"4서클이면 절대로 나를 막을 수 없지. 그리고 나한테 신
경을 쓸 시간이나 있을지도 모르겠군. 하지만 중간에 방해
를 받으면 곤란하니 안전장치를 해놓을까?"

말을 마친 스펜서의 눈이 노란색으로 빛났다.

그러자 소결을 죽이기 위해서 움직이던 키메라 세 마리
가 공격을 멈추고 스펜서를 바라보더니 다시 시선을 창준
이 있는 곳으로 고개를 돌렸다.

그리곤 빌딩 벽을 박차고 떨어져 내렸다.

키메라가 움직이는 것을 보던 스펜서는 미소를 지으며
옥상의 중앙으로 시선을 던졌다.

그의 시선이 닿는 곳에는 커다란 규모의 마법진이 그려

져 있었는데, 붉은 선들은 피로 그린 것 같았다.

마법진의 사방에는 심장이나 간이 놓여 있어 기괴한 분위기를 자아내고 있었다.

마법진을 향해 걸어간 스펜서가 두 팔을 내밀고 마기를 마법진에 집어넣으면서 시동어를 읊었다.

"엑티베이션."

"옥상? 뭘 알고 있는 거지?"

"……."

창준은 대답하지 못했다.

지금 그는 자신과 눈이 마주친 스펜서와 서로를 가늠하고 있었기 때문이다.

현실적으로 지금 창준이 있는 위치에서 스펜서와 눈이 마주친다는 것은 불가능하다고 할 수 있을 만큼 떨어져 있었다.

하지만 느낌인지는 몰라도 지금 그들은 서로 눈을 마주치고 있다고 생각됐다.

'4서클 흑마법사!'

창준은 스펜서가 어느 정도의 힘을 가지고 있는지 파악했다.

그리고 그는 알지 못했지만 스펜서 역시 창준의 힘을 가늠했다.

두 사람의 차이는 하나, 창준은 긴장하며 식은땀을 흘렸
고 스펜서는 비웃음을 흘렸다는 것이다.

일반적으로 흑마법사는 원소마법사에 비하여 강대한 힘
을 가지고 있다.

특히 흑마법사가 사용하는 마법의 대부분이 사람을 죽이
거나 저주하는 것에 치우쳐 있는 것을 감안하면 그 격차는
더욱 커진다.

그래서 흔히 동일한 수준의 흑마법사와 원소마법사가 정
면으로 싸우면 특별한 경우를 제외하고 흑마법사가 이긴다
고 한다.

그 이유 중에서 가장 큰 사항은 흑마법사의 마법 캐스
팅은 거의 없는 수준으로, 마법을 연사할 수 있기 때문이
다.

간단하게 정리하면 일반적으로 4서클 흑마법사를 제압
하거나 죽이려면 5서클 마법사는 되어야 한다는 말이다.

이것이 같은 4서클 마법사지만 창준이 스펜서를 보고 긴
장을 하고 스펜서는 창준을 보며 웃고 있는 이유였다.

스펜서가 웃으면서 시선을 돌리고 나서야 창준은 안도의
한숨을 내쉬었다.

"어서 대답하지 못해?"

창준이 스펜서와 서로를 가늠하는 사이 헨릭이 몇 번 질문을 던졌었는지 언성을 높여 소리쳤다.

창준은 헨릭에게 시선을 돌렸다.

"뭘 대답하라는 말이지?"

"옥상으로 가보라고 네가 말했다. 그게 무슨 뜻인지 설명하라는 말이다!"

"아……."

스펜서와 했던 기세 싸움이 너무 강렬했기 때문인지 자신이 그런 말을 했다는 것도 잊어버리고 있었다.

흑마법사와 마기에 대해서 설명을 하려는 그때, 요원이 다급하게 소리쳤다.

"트롤 세 마리가 이쪽으로 몰려옵니다!"

요원의 말에 창준의 멱살이라도 잡을 것 같던 헨릭이 얼굴을 일그러뜨리며 키메라가 달려오는 곳을 바라봤다.

키메라의 움직임은 어마어마하게 빨랐다.

빌딩부터 차량이 있는 곳까지 거리가 몇백 미터는 떨어져 있었는데 몇 초 만에 지척까지 도착해 있었다.

이미 키메라가 달려온다는 것을 알고 있던 요원들은 일제히 키메라를 향해 권총을 발사했다.

일부 요원은 차에서 경기관총을 꺼내 쏘기도 했다.

타타타타탕!

크아아아!

총알이 달려오는 몸에 맞자 키메라가 괴성을 지르며 더 흉포한 기세를 보였다.

하지만 그렇다고 총알이 키메라의 몸에 박히는 것은 아니었다.

강화된 키메라의 몸을 뚫지 못하고 튕겨 나가고 있었다.

"총알이 박히지 않다니!"

이건 이전과 달랐다.

이전의 검은 키메라는 총알이 모두 박혔고 지금처럼 빠르지도 않았다.

헨릭은 자신이 나서야 한다는 것을 알았다.

총알로 키메라를 저지하지 못하는 이상, 키메라가 근접하면 여기에 있는 사람들을 모두 도륙할 것이 분명했다.

'하지만 사람들의 시선이…….'

주위를 둘러보자 도망가는 사람들도 보였지만, 도망치지 않고 휴대폰으로 이 광경을 촬영하고 있는 사람들도 보였다.

헨릭은 미간을 찌푸렸다.

'어쩔 수 없지. 욕을 먹겠지만 지금은 나서지 않을 수 없다!'

초능력을 사람들 앞에서 사용하는 것은 규정에 어긋난다.

그렇다고 지금까지 단 한 번도 사람들에게 들키지 않았던 것은 아니다.

사람의 눈에 능력을 사용하는 것이 들켰을 경우, 클리너라고 암호명을 갖고 있는 뒤처리 부대가 정리를 하고는 했다.

마음먹은 헨릭이 나섰을 때는 키메라가 바로 앞까지 근접해 한 걸음이면 팔이 닿을 정도였다.

헨릭은 달려드는 키메라들을 향해 팔을 내밀어 손바닥을 펼쳤다.

쿠웅!

묵직한 소리가 울리고 당장이라도 달려들어 예리한 손톱을 쑤셔 넣을 것 같던 키메라들의 움직임이 멈췄다.

아니, 한없이 느려졌다.

헨릭의 눈이 살짝 찌푸려졌다.

그는 키메라의 움직임을 멈추려고 했었던 것인데 키메라가 그의 힘을 넘어서서 조금씩이지만 움직이고 있으니 기분이 상한 것이다.

"건방진… 누워 있어!"

터엉!

아까보다 더욱 큰 힘이 짓누르자 키메라는 그것을 견디지 못하고 바닥에 대자로 넘어졌다.

단 한 번의 힘으로 강인한 키메라를 세 마리나 땅에 짓누르는 헨릭은 창준의 생각보다 훨씬 강했다.

'이 정도라면… 내가 도망치는 것도 어려울 것 같은데…….'

아직 상황이 끝난 것도 아닌데 도망칠 걱정부터 하던 창준은 문득 키메라의 내부에서 점점 마기가 끓어오르는 것을 느꼈다.

그리고 그것은 곧 외부로 나타나기 시작했다.

드드드득!

무언가 비틀어지는 소리가 울리고 키메라의 몸이 점점 더 붉게 변하더니 힘겹게 일어나고 있었다.

"쳇……."

여유롭던 헨릭의 얼굴이 일그러지고 이마에서 식은땀이 배어 나오기 시작했다.

지금 헨릭은 최선을 다하고 있는 모양이었는데, 키메라들이 그의 힘을 뛰어넘고 있는 것이다.

창준은 이대로 가만히 있을 수 없었다.

달려드는 키메라들을 막은 것은 헨릭이지만, 키메라들은 자신을 노리고 있다고 생각됐다.

그러니 두고 보기만 한다면 헨릭을 뿌리치고 나온 키메라들이 다음 목표로 자신을 잡을 것이 뻔했다.

"언락(Unlock)."

철크럭!

마법을 사용해서 가볍게 수갑을 풀어낸 창준은 차에서 걸어 나오며 신체 강화 마법과 실드 마법을 사용했다.

그리고 헨릭에게 의해서 구속받고 있는 키메라들을 향해 마법을 사용했다.

"윈드 피스트!"

마법을 시전하자 하늘에서 생겨난 거대한 바람의 주먹이 쓰러져 있는 키메라들 중 한 마리 위에 떨어졌다.

쾅!

일어나려고 바둥거리던 키메라가 바람으로 만들어진 주먹을 맞고는 다시 납작하게 쓰러졌다.

창준이 옆으로 다가오자 헨릭이 여전히 일그러진 얼굴로 그를 바라봤다.

"네 맘대로 움직이라고 누가 허락했나?"

"그런 말은 앞에 있는 괴물들을 처치하고 할 말이라고 생각되는데."

창준은 키메라들을 일부러 괴물이라고 칭했다.

이미 자신은 너무 많은 의혹을 심어줬다.

잘못하면 흑마법사와 한패라고 보일 수 있으니 말을 조심하는 것이다.

"쳇! 일단 이놈들을 처치하고 얘기하는 것이 좋겠군."

"그게 아니야. 지금 눈앞에 있는 이놈들은 진짜 문제가 아니라고. 윈드 피스트! 윈드 피스트!"

다시 바람으로 만들어진 주먹이 일어나려는 두 마리의 키메라 등으로 떨어졌다.

하지만 더욱 붉게 변한 키메라들은 옆으로 굴러서 피하며 힘겹게 일어섰다.

헨릭은 이제 이렇게 짓누르는 것으로 키메라를 막을 수 없다고 판단했다.

"대비해, 힘을 거두겠다!"

창준이 고개를 끄덕이자 헨릭은 힘을 거두고 가장 앞에 있는 키메라를 향해 팔을 휘저었다.

가슴에 해머를 맞은 것처럼 움푹 들어간 키메라 하나가 뒤로 날아갔다.

크오오오!

구속이 풀린 키메라 두 마리가 날아간 키메라에게는 신경도 쓰지 않고 괴성을 지르며 창준과 헨릭에게 달려왔다.

"파이어 랜스(Fire Lance)!"

창준이 3서클 파이어 랜스를 영창하자 그의 어깨 위에 불꽃으로 만들어진 커다란 창이 나타나더니 앞에 있는 키메라의 머리에 적중했다.

펑!

모습은 창처럼 생겼으나 본질은 불길이다.

커다란 폭발과 함께 뒤로 튕겨 나간 키메라의 머리 부분에 불길이 치솟았다.

그것을 보던 창준이 손가락으로 키메라를 가리켰다.

"라이트닝(Lightning)!"

콰르릉!

하늘에서 떨어진 한 줄기 번개가 불길을 끄려고 버둥거리던 키메라의 머리 위로 떨어졌다.

키메라는 번개를 맞고 휘청거리다가 무릎을 꿇고 고개를 숙였다.

'저번에 봤던 키메라보다 강하기는 하지만 부담될 정도는 아니군.'

이전에는 2서클 마법을 가지고 처리가 가능했었는데 이번에는 3서클과 4서클 마법을 사용해야 했으니 확실히 차이가 컸다.

단지 1서클 차이라고 무시할 수 있을지도 모르지만, 사실 낮은 서클의 마법사가 높은 서클의 마법사를 잡는 것은 영웅소설에서나 나오는 천재에 해당한다.

일반적으로 한 서클 위의 마법사를 잡으려면 하위 서클 마법사 세 명은 필요하다.

예를 들어 5서클 마법사를 잡으려면 4서클 마법사가 세 명은 필요하다는 말이다.

거기에 심지어 전제 조건이 있는데 이 4서클 마법사들은 곧 5서클에 도달할 정도는 되어야 한다는 것이다.

'그런데… 키메라의 몸에서 마기가 느껴져. 약간 색다른… 무슨 강화 마법이 펼쳐진 것 같은데?'

강화 마법을 펼쳐서 키메라가 변한 것이라면 그 마법을 취소하여 원래대로 돌릴 수도 있을 것이다.

아무튼 키메라를 처리했다고 생각한 창준은 고개를 돌리려고 했다.

그런데 그의 눈에 몸을 꿈틀거리며 일어서는 키메라의 모습이 들어왔다.

천천히 일어나는 키메라의 상처가 빠른 속도로 회복되는 것도 보였다.

'몸이 강화되면서 회복력도 강화된 것인가?'

눈을 찌푸린 창준은 손을 펼치며 조용히 말했다.

"디스펠(Dispel)."

창준의 손바닥에서 흐릿하고 안개와 같은 기운이 나오더

니 일어서는 키메라의 몸을 한 번 휘감고 일부는 모공을 통해 들어갔다.

그리고 그 기운이 다시 빠져나오는데 마치 안에 있는 다른 기운을 끌고 나오는 것처럼 붉은 기운을 뽑아냈다.

쿠오오오오!

고통스러운 비명을 지르는 키메라의 몸이 붉은색에서 검은색으로 급속도로 변해갔다.

스펜서가 사용한 강화 마법이 깨진 것이다.

1서클 디스펠 마법은 무속성의 마법이다.

이 마법이 가진 능력은 마법을 무효화하는 것이었는데, 아무것이든 다 되지는 않는다.

정확하게는 사용된 마법보다 강한 마력을 가지고 있어야 했다.

예를 들면 1서클에 해당하는 마나를 가지고는 2서클 이상의 마법들은 무효화하지 못한다.

4서클에 해당하는 마나를 사용해서 디스펠 마법을 사용하면 1서클부터 3서클까지의 거의 모든 마법은 무효화가 가능하다.

물론 디스펠 마법이 세상 마법을 모두 무효화할 수 있는 것은 아니다.

정확하게는 지속성 마법이나 강화형 마법에만 사용이 가

능하다.

강화 마법이 깨지고 보통의 상태로 돌아간 키메라가 자리에서 일어나 창준을 보며 살기를 풍겼다.

하지만 원래대로 돌아간 키메라는 창준에게 어떠한 위협도 되지 못했다.

바닥에 굴러다니고 있는 조그만 돌을 집어 든 창준은 키메라를 보면서 마법을 사용했다.

"록 버스터(Rock Buster)."

창준의 손바닥에 있던 돌이 총알처럼 날아가 키메라의 몸과 부딪치는 순간 커다란 폭발이 일어나며 불길이 치솟았다.

시야를 가리는 연기가 사라졌을 때는 가슴에 커다란 구멍이 생긴 키메라가 부들거리며 땅에 쓰러졌다.

키메라를 처치한 창준의 눈에 두 마리의 강화된 키메라와 힘겹게 싸우고 있는 헨릭이 들어왔다.

솔직히 지금 도망가면 될 것 같았다.

키메라에 잡혀 있는 헨릭에게 자신을 쫓아올 시간은 없을 것이고, 권총을 들고 있는 요원들은 어차피 처음부터 안중에 없었다.

그들이 들고 있는 권총은 자신에게 어떠한 위협도 되지 못하니까.

하지만 그럴 수 없었다.

스펜서를 봤고 그가 이곳 옥상에서 뭔가 수상한 짓을 벌이고 있다는 것을 알았는데 이대로 도망가 버리면 어떤 일이 벌어질지 몰랐다.

최소한 라스베이거스에서 어마어마한 살육극이 벌어질지도 모르는 일이다.

'…난 악마가 아니야.'

엄청난 일이 벌어질 것이라는 것을 알고도 도망가면 자신이 사람이 아닐 것이라 생각했다.

마음을 정한 창준은 헨릭이 싸우고 있는 곳으로 다가가 마법을 사용했다.

"디스펠."

크아아아아!

마법이 발현되자 헨릭에게 달려들던 키메라 두 마리는 창준이 처리한 키메라처럼 몸에서 붉은색 기운이 빠져나가기 시작했다.

"후욱… 후욱… 원래대로 돌아갔군. 이것들도 리틀 에너지로 만든 건가?"

거친 숨을 쉬며 물어보는 헨릭에게 창준은 고개를 저었다.

"정확하게 말하면 이 괴물들은 마법으로 만들어진 것이

아니라 흑마법이라고 하는 수법에 의해서 만들어진 것이
다."

"마법(Magic)이든 흑마법(Dark Megic)이든… 리들 에너지
가 기반인 것 같은데… 아무튼 좋아."

헨릭이 손을 들어 올리더니 내려쳤다.

그러자 검은색으로 변한 키메라는 하늘에서 떨어진 거대
한 해머를 맞은 것처럼 머리 부분이 부서지며 죽었다.

창준을 돌아본 헨릭이 식은땀을 닦으며 입을 열었다.

"이제 우리끼리 싸워야 하나?"

"지금 중요한 것은 내가 아니지 않나? 이 괴물들을 처리
하는 것이 우선인 것 같은데 말이야. 나도 참여하도록 하
지."

"이해가 되지 않는군. 방금 전까지 너를 잡으려던 우리
다. 그런데 왜 도우려는 거지?"

"…난 그 정도로 나쁜 사람은 아니다."

이것이 솔직한 창준의 마음이다.

그것이 헨릭에게 전해졌는지는 모르지만 말이다.

"그리고 아까도 말했지만 저 빌딩의 옥상으로 가보는 것
이 급선무라고 했을 텐데."

"그러니까 대체 저 옥상에서 무슨 일이 벌어지고 있는지
설명을 해야 할 것 아니냐!"

소리치는 헨릭을 보면서 창준은 고개를 다시 저었다.

"나도 정확히는 모르지만 이 괴물들을 만든 사람들 중에 하나가 저곳에서 무슨 수작을 부리고 있는 것 같다."

헨릭의 눈이 예리하게 변했다.

요즘 국가적으로 대단히 주목하고 있는 것이 있다면, 눈앞에 죽어 있는 키메라처럼 사람들을 유전적으로 변형시키는 마약이었다.

향후 일어난 문제의 파급력이 너무 대단했기에 어떻게든 이것을 만드는 사람들을 찾으려고 했었다.

하지만 그들에 대한 정보는 하나도 없었고 마약을 파는 마약상들을 신속하게 잡아들이는 것이 할 수 있는 일의 전부였다.

"너와 관계된 사람인 것은 아니겠지?"

"나도 처음 보는 사람이라는 것은 약속하지. 내가 저들을 알아보는 것은 괴물의 몸에서 나오는 기운과 아까 옥상에 있었던 사람의 기운이 동일했기 때문이다. 그리고 지금 그가 옥상에서 무슨 짓을 벌이는지, 그곳에서 나오는 기운이 이 괴물들의 몸에서 나오는 기운과는 상대도 안 될 정도라고. 그러니 어서 저 빌딩으로……."

파아아앗!

창준이 말하고 있는 그때, 빌딩의 옥상에서 하늘을 향해 녹색 광채가 솟아올랐다.

그 광채는 하늘에서 펼쳐지기 시작하더니 점점 영역을 넓혀가고 있었다.

"저, 저게 뭐지?"

헨릭이 소리쳤지만 창준도 대답을 하지 못했다.

그 역시 저것이 뭔지 몰랐기 때문이다.

하지만 이내 뭘 하려는 것인지 금방 알 수 있었다.

"아아악!"

"으으으윽!"

"…아… 아파…….."

사람들의 비명 소리가 들렸다.

황급히 고개를 돌려보니 구경하던 사람들 중에서 몇 명이 쓰러졌다.

쓰러진 사람들은 발버둥을 치면서 비명을 지르고 있었다.

그들 모두 하늘에서 퍼지는 녹색 빛 아래에 있었다.

"맙… 소사…….."

창준은 쓰러진 사람들에게서 서서히 뿜어져 나오는 마기를 느꼈다.

그리고 자신도 모르게 신음성을 토해냈다.

"뭐지? 사람들이 왜 저렇게 쓰러지는 거야?"

헨릭의 물음에 창준이 얼굴을 일그러뜨리며 말했다.

"저건… 저 빌딩에서 나오는 빛은… 마약을 먹은 사람들을 괴물로 각성시키는 마법… 인 것 같다……."

CHAPTER
07

사투

ALCHEMIST

라스베이거스는 대표적인 향락의 도시다.

이곳에서 마약을 구입하는 것은 어려운 일이 아니었다.

뿐만 아니라 관광객 중에 마약을 ·이미 복용하고 있던 사람도 많을 것이다.

그 모든 사람이 키메라로 각성을 한다면… 창준이 이전에 상상만 했었던 일들이 벌어질 것이 분명했다.

키메라로 변이된 사람들은 주변의 모든 것을 박살 낼 것이고, 후에 군대가 동원되어 키메라를 모두 섬멸하더라도 세상에서 라스베이거스라는 도시가 없어지는 것은 기정사실이었다.

"이걸 어떻게 막아야 되지? 빨리 말해!"

헨릭이 창준의 어깨를 붙잡고 흔들며 소리쳤다.

"이것 좀 놔봐!"

창준은 헨릭의 손을 뿌리치고 신음을 토하며 버둥거리는 사람에게 다가가 자세히 살폈다.

'마기가 점점 증폭되고 있다… 하지만 전에 봤던 것처럼 당장 변하지는 않아…….'

그나마 다행이라고 할 수 있겠지만, 그래 봐야 시간을 조금 늘린 것뿐이다.

시간이 흐르면 이들은 모두 키메라로 변이될 것이다.

"지금 당장 괴물로 변하지는 않을 것 같지만 서둘러 저것을 멈춰야 해!"

"제기랄! 상부에 연락해서 현 상황에 대해서 설명하고 지금 당장 지원이 가능한 인원들을 모두 불러!"

헨릭은 가까이에 있는 요원에게 소리치고 빌딩을 향해 땅을 박차고 날아올랐다.

창준도 딱딱하게 굳은 얼굴로 그의 뒤를 따라 움직였다.

　　　　　*　　　　*　　　　*

　쾅!

　연검과 키메라의 손톱이 부딪친 순간, 소결은 내부가 진탕되며 정신이 아득하게 멀어졌다.

　그녀의 시선에 까마득히 먼 지면이 보였다.

　'정신을 놓으면… 죽어…….'

　입술을 피가 나도록 깨문 소결이 벽호공(壁虎功)을 사용해서 유리창에 손바닥을 흡착했다.

　벽호공은 도마뱀의 움직임을 본뜬 무공으로, 지금처럼 손으로 잡을 곳이 없는 곳에 손이나 발이 달라붙도록 하는 무공이다.

　과거에 성벽을 타기 위해 만들어진 무공이었지만, 지금은 빌딩이나 건물에 달라붙기 위해서 사용한다.

　몸을 고정하고 고개를 들어 보니 키메라 한 마리가 광폭하게 달려드는 것이 보였다.

　소결이 키메라를 피해서 움직이자 그녀가 붙어 있던 유리벽은 공격에 의해 산산조각 나며 떨어졌다.

　공격하던 키메라가 여섯 마리에서 세 마리로 줄었으나 그녀는 여전히 생명의 위협을 느끼고 있었다.

　처음 빌딩에서 유리창을 깨고 나왔을 때는 키메라가 빌

딩 벽까지 타고 움직일 거란 생각을 못했었다.

그래서 충분히 도주를 하거나 쉽게 대응이 가능할 것이라 생각했다.

그것은 그녀의 착각이었다.

키메라는 발에 빨판이라도 있는지 빌딩의 유리창을 평지처럼 밟는 데 아무런 거리낌도 없었다.

오히려 벽호공을 사용하면 싸우는 그녀가 더 불리한 상황이 되어버렸다.

밑으로 미끄러져 내리듯이 내려가던 소결은 아래쪽에서 밀려오는 살기를 느끼고 연검을 휘둘렀다.

채챙!

연검과 키메라의 손톱이 마주치며 불꽃이 튀었다.

크르르르!

키메라의 짐승 소리가 들렸다.

위에 있던 다른 키메라도 달려 내려온 모양이었다.

서둘러 연검을 움직여 위에서 내려오는 공세를 막으려고 했다.

그런데… 연검이 움직이지 않았다.

깜짝 놀란 소결이 아래를 바라보자 연검을 한 손으로 잡고 있는 키메라의 모습이 보였다.

연검과 손톱이 마주치는 순간에 부여잡은 것 같았다.

짧은 순간이었으나 키메라들이 소결의 목숨을 취하는 데는 충분한 시간이었다.

점점 다가오는 키메라의 손톱이 보였다.

저 손톱이 이대로 다가오면 그녀의 머리는 잘려 땅으로 떨어질 것이다.

'끝… 이네. 이렇게 죽을 줄이야…….'

다른 사람들은 이런 순간에 주마등이 보인다고 하는데, 그녀에게는 그런 것도 보이지 않았다.

그리고 마음도 평안했다.

키메라의 손톱이 그녀의 목에 닿으려는 그 순간, 누군가의 목소리가 들렸다.

"에어 밤!"

퍼엉!

소결과 키메라 사이에서 맹렬한 사람이 생성되더니 키메라는 빌딩 위로, 소결은 반대로 밀어냈다.

유리창에서 손이 떨어진 소결이 빌딩에서 몇 미터나 날아갔다.

그녀의 눈에 땅이 들어왔는데, 아직 10층 정도 높이는 되는 것 같았다.

아무리 경공을 익힌 소결이라고 하더라도 이 정도 높이면 떨어졌을 때 크게 다치든지 죽을 수 있었다.

그런데 소결은 떨어지는 대신, 누군가의 품에 안겼다는 사실을 느꼈다.

'누구……?'

20대 초중반으로 보이는 동양인.

창준이었다.

원래 헨릭과 같이 옥상으로 올라가려던 창준은 키메라 세 마리와 힘겹게 싸우는 소결을 보고 그녀를 도와주기로 결심했다.

그것은 소결이 여자였기 때문이 아니라 옥상에 있는 스펜서와 싸우기 위해서는 그녀의 힘도 필요할지 모른다고 생각했기 때문이다.

이기고 있는 것은 아니지만 홀로 세 마리의 키메라와 싸우고 있다는 것은 그녀가 가진 힘이 헨릭이나 자신과 큰 차이가 없다는 것일 수 있다.

"괜찮아요?"

통역 마법 덕분에 능숙한 중국어로 변환되어 소결에게 전해졌다.

"당신은… 누구시죠?"

"뭐… 그게 중요한 일은 아니니 넘어가죠."

"설마 본국의… 아앗!"

질문을 던지려던 소결이 유리창을 박차고 날듯이 다가오

는 키메라 세 마리를 보면서 소리를 냈다.

창준은 소결의 굳은 어깨를 살짝 안아주면서 마법을 사용했다.

"디스펠."

크오오오오!

세 마리의 키메라는 갑작스럽게 빠져나가는 마기에 고통스러운 몸부림을 보이며 그대로 땅으로 떨어져 내렸다.

이곳이 10층 높이기는 하지만 그렇다고 키메라가 죽을 정도는 아니다.

그리고 다리가 부러진 키메라는 금방 수습을 하고 다시 그들을 죽이기 위해 뛰어올 것이다.

그것을 예상한 창준이 떨어진 세 마리의 키메라를 보면서 그가 알고 있는 가장 강한 마법 중에 하나를 사용했다.

"인페르노(Inferno)!"

마법이 시전되자 창준의 손에서 커다란 불기둥이 뻗어나가 키메라들을 불태웠다.

비명을 지르며 바둥거리던 키메라는 이내 숯으로 변해 쓰러졌다.

자신은 한 마리도 버거웠던 키메라를 동시에 세 마리나, 그것도 너무나 쉽게 죽인 창준을 보면서 소결의 눈빛이 변했다.

창준은 소결을 보면서 물었다.

"계속 싸울 수 있겠습니까?"

"아… 그렇기는 한데……."

"이곳 옥상에서 한 번 더 싸워야 하는데 당신도 도와줬으면 합니다."

"옥상?"

"이 괴물들을 제어하던 놈이 있습니다. 그가 무슨 수작을 부리고 있는데 그것을 막지 않으면 이곳 라스베이거스는……."

"가겠어요! 나도 힘을 보태죠!"

소결이 조금 흥분한 목소리로 소리쳤다.

아까의 굴욕을 생각하면 어떻게든 그 굴욕을 돌려줘야 할 것 같았다.

옥상에 있는 것이 누군지는 몰랐지만, 키메라를 제어하던 것이 스펜서라는 것은 알고 있다.

그가 소환한 키메라들에 의해서 죽을 뻔했던 소결은 빚을 꼭 갚고 싶었다.

눈에서 불똥이 튀길 정도로 말이다.

"좋습니다, 그럼 올라갑니다."

창준은 소결을 안고 옥상을 향해 날아갔다.

옥상에 올라왔을 때는 스펜서가 헨릭과 대치를 하고 있었다.

두 사람 간의 분위기를 봤을 때, 창준이 올라오기 전 이미 한 번 격돌이 있었던 듯싶었다.

결과는 스펜서가 우세했던 모양이다.

식은땀을 흘리고 있는 헨릭과 살짝 웃고 있는 스펜서를 보니 그렇게밖에 판단이 안 됐다.

스펜서는 올라온 창준을 보면서 반색했다.

"오! 생각보다 빨리 왔군요. 처음 뵙겠습니다, 저는 스펜서라고 합니다. 그쪽은?"

"......"

창준은 스펜서의 물음에 답을 하지 않고 하늘을 향해 녹색 광채를 뿜어내는 마법진을 유심히 살폈다.

'제… 기랄! 5서클 마법진이다!'

정확히 마법진이 어떤 계산에 의해서 돌아가는 것인지는 시간을 가지고 분석을 해봐야 알 수 있다.

하지만 분석을 하지 않아도 내포한 힘과 어느 정도의 마법진인지는 금방 파악할 수 있었다.

5서클의 마법진을 멈추기 위해서는 역시 동급의 5서클 마법사가 필요하다.

자신이 펼친 것이라면 마법진 내부가 어떻게 돌아가는지

확실하게 알고 있으니 4서클이라 하더라도 충분했다.

하지만 그것을 모른다면 가지고 있는 마나를 쏟아부어 강제로 해체하는 수밖에 없다.

지금 창준이 가진 마나는 5서클의 마법사가 가진 마나의 양과 비슷했다.

그렇다고 이 마법진을 중단시키는 것은 쉬운 일이 아니다.

아니, 어쩌면 불가능할지도 몰랐다.

서클이 올라가면서 마나는 농축이 되는 작용을 하는데, 가지고 있는 절대량이 농축된다고 해서 줄어드는 것은 아니다.

농축되는 만큼 마나의 절대치가 늘어나 가진 양은 비슷하게 변하기 때문이다.

스펜서는 마법진을 노려보는 창준을 향해 자랑이라도 하듯이 말했다.

"잘 그려진 마법진이죠? 제법 공을 들여서 다행히 잘 작동하는군요. 아! 그러고 보니 당신은 마법진이 뭔지 알고 있습니까?"

일반적으로 이 시대에 활동하는 마법사들은 마법진의 개념을 모르고 있다.

그렇기에 기본 마법진으로 창준이 영국의 MI-6와 거래를 할 수 있었다.

창준이 마법사인 것은 알아차렸으나 그가 마법진까지 안다는 것을 파악하기란 불가능했다.

"저게 최소한 이곳에 문제를 일으킬 것이라는 사실은 알고 있지."

창준은 마법진에 대해서 알고 있다는 내색을 하지 않기로 했다.

그러는 것이 최악의 경우에 문제를 해결할지도 모르기 때문이다.

스펜서는 창준의 말에 미소가 짙어졌다.

"문제라고 할 정도는 아니고 재미있는 일이 생긴다는 정도면 충분할 것 같군요. 이것 참… 기대되지 않습니까?"

라스베이거스에 어떤 지옥과 같은 광경이 펼쳐질지 모르는 일인데 기대된다는 스펜서의 모습은 섬뜩하게 보였다.

"이런 짓을 벌이고 무사할 것이라고 생각하지 않겠지!"

"당연히 무사할 것이라고 생각하고 있습니다만……."

"당장 지금 하는 수작을 멈추지 않으면 네가 상상도 못하는 수준의 대가를 치르도록 만들어주겠다!"

"흐음… 겨우 그 정도 힘을 가지고 있는 주제에 함부로 할 수 있는 대사는 아닌 것 같군요."

"뭐라고!"

얼굴이 붉게 달아오를 정도로 화가 치밀어 오른 헨릭을 보면서 스펜서는 말을 이었다.

"세 명이라……. 조금 부담되기는 하지만 어쩔 수 없겠지요. 이것을 멈추고 싶습니까? 그러면 나를 막아보시지요. 그리고 이 마법진을 멈추도록 해보세요. 그러지 못한다면… 당신들은 여기서 죽음을 맞게 될 테니까요. 쉽게 잡혀 줄 마음은 없으니, 그 점은 미안하게 생각합니다."

죽음을 언급하는 스펜서에게서 몸이 눅눅해지는 듯한 살기가 나와 세 사람의 몸을 덮었다.

심약한 사람이라면 자리에 주저앉을 정도의 살기였다.

헨릭은 스펜서에게 들리지 않을 정도로 조그만 목소리로 창준에게 물었다.

"저놈을 잡으면 사람들이 괴물로 변하는 것을 멈출 수 있는가?"

"확실하게 하려면 생포해서 저 마법진을 멈추는 것이 좋을 것이고, 그게 아니라면… 내가 나서서 확인할 수는 있지만 결과가 어떻게 될지는 장담할 수 없다."

"…생포하는 것이 좋다는 말이군. 그렇다면… 당신 중국의 무인이지?"

소결은 헨릭의 물음에 고개를 끄덕였다.

"이곳에 있다는 것은 우리와 함께 저 악마 같은 놈을 상대하겠다는 것 같은데… 맞나?"

"그녀는 힘을 합친다고 했다."

창준이 소결을 대신해서 대답했다.

"좋아, 그럼 최대한 저놈이 죽지 않는 선에서 생포를 하도록 하지. 모두 준비됐겠지?"

헨릭의 물음에 소결은 행동으로 보였다.

땅을 박차고 나간 소결이 요란하게 연검을 흔들면서 스펜서를 향해서 내리쳤다.

피리리릭!

연검이 바람을 타고 낭창거리고 흔들리면서 쾌도를 짐작할 수 없는 움직임을 보였다.

스펜서는 그것을 보고 가볍게 마법을 사용했다.

"본 아머(Bone Armor)."

마법이 발현되자 스펜서의 발밑에 검은 공간이 나타났다.

그리고 그 안에서 각종 뼈들이 튀어나와 스펜서를 중심으로 회전하기 시작했다.

카가가강!

연검과 스펜서가 소환한 뼈들이 부딪치며 불꽃이 튀었다.

원래라면 연검에 뼈들이 순식간에 박살 나는 것이 당연했다.

그런데 이상하게도 뼈가 부서지지 않고 마치 쇠와 부딪친 것처럼 불꽃이 튀었다.

뼈와 연검이 부딪친 반탄력에 소결이 공중으로 튕겨 나자 스펜서는 소결을 향해 손가락을 가리켰다

그러자 그의 몸 주위에서 돌고 있던 뼈들이 일제히 손가락이 가리킨 방향을 향해 날아갔다.

날아간 뼈들이 소결에게 박히려고 할 때, 헨릭이 능력을 사용해 소결의 몸을 붙잡고 뒤로 잡아당겼다.

"파이어 볼!"

뒤이어 창준이 사용한 마법에 의해 커다란 마법 불덩이가 스펜서를 향해 날아갔다.

"흥! 블러드 실드!"

펑!

창준이 사용한 파이어 볼은 스펜서의 전면에서 붉은 방어막에 막혀 터지고 사방으로 불꽃이 튀었다.

이미 그걸 예상하고 있었던 창준이 연이어 마법을 사용했다.

"윈드 피스트! 윈드 피스트! 윈드 피스트!"

살상력이 낮은 바람의 주먹이 하늘에서 스펜서를 향해 떨어졌다.

"헉! 마법을……."

블러드 실드를 취소하고 공격 마법을 날리려던 스펜서가 연이어 떨어지는 바람의 주먹을 막기 위해서 마법을 계속 유지했다.

쾅! 쾅! 쾅!

창준이 시간을 버는 사이 헨릭이 어디서 가져왔는지 커다란 철근 두 개를 스펜서를 향해 날렸다.

육중한 철근이 스펜서를 향해 날아갈 때, 그 뒤를 따라서 소결도 움직였다.

콰콰쾅!

블러드 실드가 철근과 소결의 연검, 창준의 마법이 끊임없이 부딪침에 따라 점점 연한 색으로 변해갔다.

"레인 오브 데스(Rain of death)!"

스펜서가 발작적으로 소리를 지르며 마법을 사용하자 하늘에 불길한 느낌을 주는 적록색 구름이 생겨났다.

"조심해!"

흑마법에 대해서는 창준도 잘 모른다.

관련된 서적이 있는 것은 알고 있었으나 읽어본 적이 없었기 때문에 마법총론 책에 나온 수준으로만 흑마법에 대해서 알고 있다.

그렇기에 지금 흑마법사가 사용하는 마법들은 그에게도 생소한 것이었고 어떻게 대비를 해야 하는지 말해주지 못했다.

확실한 것은 하나였다. 피해야 한다는 것.

소결은 경공과 보법을 사용해서 빠르게 움직였다.

헨릭은 자신의 몸을 능력을 사용해서 구름이 퍼지는 공간을 벗어났다.

창준 역시 그들처럼 구름의 영향권에서 벗어나려고 했다.

이미 몸에 헤이스트 마법을 적용했기에 충분히 피할 수 있을 것이라 생각했다.

하지만 스펜서의 마법이 빨랐다.

"디스펠!"

"헉!"

검붉은 마나가 창준의 몸에 펼쳐진 각종 강화 마법을 깨뜨렸다.

순간적으로 몸에서 힘이 쭉 빠져나가니 마치 현기증과 같은 느낌이 들면서 자신도 모르게 무릎을 꿇었다.

스펜서가 먼저 사용했던 레인 오브 데스 마법은 이때 활성을 시작했다.

콰우우우!

폭풍우가 치는 소리가 들리며 구름에서 핏빛 비가 쏟아지기 시작했다.

발현되는 마법의 가운데에 있던 창준은 서둘러 실드 마법을 사용해 비를 막았다.

겨우 안도의 한숨을 쉬려던 창준이 깜짝 놀랐다.

핏빛 빗방울이 서서히 실드 마법을 녹이고 있었기 때문이다.

"그레이트 실드!"

한 단계 상위의 실드 마법을 사용했지만 소용없었다.

일반적인 실드 마법보다 속도가 늦어지고 있을 뿐이지, 실드 마법이 빗물에 씻기는 것처럼 녹아내리는 것을 막을 수는 없었다.

녹아내리는 것은 실드 마법뿐만이 아니었다.

그가 서 있는 바닥도 부글거리며 거품이 일어났다.

가만히 있으면 바닥이 녹아내려 아래로 떨어질 것이었다.

창준은 이곳에 계속 있으면 죽을지도 모른다는 판단을 하고 서둘러 빠져나가려고 했다.

그러자 그의 생각을 눈치챈 것처럼 머리 위의 구름에서

천둥소리가 들리는가 싶더니 자그마한 검은 번개가 창준을 향해 수없이 내리꽂혔다.

번개는 창준이 움직이지 못하도록 붙들면서 시간을 끌고 있었다.

"저러다가 죽겠어요!"

소결이 헨릭을 향해 외쳤을 때 이미 헨릭은 창준을 그곳에서 끌어내기 위해서 능력을 사용하려던 찰나였다.

"그건 허락할 수 없습니다. 본 스피어!"

스펜서가 사용한 마법에 의해서 뼈로 만들어진 창이 헨릭을 향해 날아갔다.

창준을 구하다가는 저 창을 몸으로 받아야 할 것이었다.

"그를 구해요!"

소결이 소리치며 빠르게 다가와 헨릭을 향해 날아가는 창을 검기를 머금은 연검으로 비스듬히 튕겨냈다.

"쳇! 귀찮게 하는군. 데빌스 필드(Devils field)!"

창이 튕겨 나간 것을 확인한 스펜서가 얼굴을 약간 찌푸리며 빠르게 다음 마법을 사용했다.

소결과 헨릭이 서 있는 바닥이 검은색으로 빠르게 물들더니 수십 개의 검붉은 손이 튀어나와 두 사람을 잡아갔다.

"이… 이런……"

창준을 이제 막 끄집어내려던 헨릭은 자신을 노리는 십여 개의 손을 황급히 피하며 막아갔다.

소결 역시 다를 수 없었다.

눈길은 이제 구름 속에서 모습도 보이지 않는 창준을 향하고 있으나 차마 구할 방법이 없었다.

냉정하다고 말할지는 몰라도 그들은 오늘 처음 만난 사이다.

그런데 그런 사람을 구하기 위해 자신의 목숨까지 바치는 것은 힘든 일이다.

창준을 구하지 못했다는 안타까움보다는 단지 강한 적을 상대하는 데 있어서 전력이 감소하는 것이 더 아쉽다고 할 수 있었다.

스펜서는 자신이 소환한 데빌스 필드에서 바쁘게 뛰어다니는 헨릭과 소결을 보고 키득거리며 웃었다.

"큭큭큭! 재미있군요. 이제 대안이 사라졌으니 나를 사로잡아야 할 텐데… 참 아이러니한 상황입니다. 가진 힘을 다 쏟아도 죽일 수 있을지 어떨지 모르는 상황에서 나를 잡기 위해 힘을 억제해야 한다니……."

헨릭과 소결이 아무리 바쁘게 움직이고 있다고 하더라도 스펜서가 하는 말이 들리지 않는 것은 아니다.

그들의 얼굴이 딱딱하게 굳어갔다.

'어쩌지? 방법을 생각해야⋯⋯.'

차분히 작전을 짜도 모자를 시간에 이렇게 뛰어다니면서 싸우고 있으니 미칠 지경이었다.

더욱 처참한 것은 지금 상대는 여유를 부리고 그들에게 더 이상 다른 공격을 하고 있지 않다는 것이다.

마법진에서 나오는 광채는 점점 더 진하고 굵게 변해갔다.

이제 곧 마법진이 절정에 달하려는 것처럼 보였다. 마법진이 절정에 올라 완전하게 움직인다면 마약을 먹은 사람들은 돌아올 수 없는 강을 건너 키메라로 변이하고 말 것이다.

스펜서는 마법진을 보면서 두 팔을 들어 올렸다.

"이제 이곳 라스베이거스는⋯ 세상에서 저주 받은 도시로 불리게 될 겁니다. 그리고 나는 슬슬 사라져야 할 것 같⋯⋯."

푸욱!

아랫배에서 느껴지는 격통에 스펜서는 말을 멈추고 고개를 숙여 등부터 배까지 관통한 것이 무엇인지 확인했다.

물로 만들어진 칼날.

사용하지는 못하나 이 마법의 이름은 그 역시 알고 있었다.

"워터 블… 레이드(Water Blade)……?"

따지면 2서클에 불과한 마법이지만 그 예리함은 어지간한 명검에 비할 수 없는 마법의 칼날.

고개를 돌려 보니 워터 블레이드를 등에 쑤셔 박고 있는 창준이 보였다.

자신이 찔렀음에도 사람을 찔렀다는 사실 때문인지 스펜서보다 더 당황한 표정이었다.

"어… 어떻게……."

마법을 멈추고 뒤로 물러난 창준은 거친 호흡을 내쉬며 스펜서를 보다가 입을 열었다.

"후욱… 후욱… 마법은 클래스 싸움이 아니니까."

"…뭐?"

스펜서는 도저히 이해하지 못한다는 얼굴로 창준을 바라봤다.

*　　　*　　　*

실드를 녹이는 비와 내리치는 번개들 사이에서 창준은 절망에 빠졌다.

도저히 이 공간을 벗어날 방법이 생각나지 않았기 때문이다.

무리를 해서라도 벗어나려고 했으나 내리치는 번개들은 비보다 무서운 위력을 가지고 있었다.

번개가 내리치는 공간에 들어가면 더 빨리 죽음을 맞이할 것 같았다.

마력을 쏟아부으면서 실드를 유지하고 제발 밖에서 헨릭과 소결이 스펜서를 처치하든지, 아니면 자신을 이곳에서 빼내주기를 기다려야 하는 상황이었다.

위급한 순간을 버티던 창준의 뇌리에 번뜩 떠오른 것이 있었다.

무지막지한 위력을 가지고 있는 마법 같은 것이 아니라 3서클에 입문하면 필수적으로 읽어야 하는 아스란이 만든 마법총론이었다.

이 마법총론이라는 것은 대단한 마법이 아닌, 마법사가 마법을 사용하기 위한 전반적인 설명이 적혀 있는 것으로 약간의 응용 방법에 대해서 나와 있다.

이 마법총론에서 떠오른 글귀는 창준이 스펜서에게 말했던 그것이었다.

"마법은 클래스 싸움이 아니다."

일반적으로 하위 서클 마법사는 상위 서클 마법사를 절

대로 이기지 못한다.

그렇지만 마법의 역사를 보면 진짜 그런 경우가 없었을까?

물론 아니다.

하위 마법사가 상위 마법사를 이기는 것은 생각보다 꽤 많이 일어나는 일이다.

그렇다면 그들은 어떻게 상위 마법사를 이길 수 있을까?

일반적이라고 하는 부분을 깨부수고 상식을 뒤집기 위해서는 그만큼 기발한 생각과 마법에 대한 깊은 이해가 필요하다.

상위 서클 마법사가 발현한 마법을 하위 서클 마법사가 아무런 피해도 없이 막는 것은 불가능하지만, 그 피해의 규모를 줄이거나 잘 이용하면 아무런 피해도 없이 막는 것이 가능하다.

창준은 마법총론에 있던 설명을 떠올리고 실드는 계속 유지하면서 현재 상황을 잘 파악하기 시작했다.

왜 실드는 저 빗방울에 녹는 것인가?

먼저 빗방울이 어떤 힘을 가지고 있는지 알아야 한다.

빗방울은 실드도 녹였지만 빌딩의 옥상 바닥도 녹이고 있다.

그렇다면 빗방울이 가진 속성은 세 가지 중에 하나라고 봐야 했다.

첫째, 겉으로는 비처럼 보이지만 사실은 엄청나게 뜨겁다는 것이고 둘째는 영화에서 나오는 수준의 어마어마한 극독이라는 것이며 셋째는 지독한 산성비라는 것이다.

극독은 아니다. 바닥을 녹일 정도의 독이라면 지구상에서 존재한 적이 없을 정도로 독한데 바닥에 닿은 독이 기화하면서 생기는 연기를 마시고 벌써 죽었을 테니까.

그렇다면 빗방울은 두 가지로 압축된다.

그리고 이 두 가지를 모두 억누르거나 약화시킬 수 있는 것은 물이다.

창준은 결론을 내리자마자 2서클에서 배웠던 4대 속성 실드 중 워터 실드(Water Shield) 마법을 떠올렸다.

물론 여기에도 위험 사항은 있다. 우리가 아는 상식을 기준으로 강산에 속하는 염산과 물이 만나면 폭발하는 현상이 있다.

이것은 정확하게 말하면 많은 염산에 물이 들어가는 경우이기에, 최대한 물의 비중을 높이기 위해서 워터 실드를 두껍게 만들어야 했다.

창준은 2서클 마법이지만 가지고 있는 5서클에 해당하는 마나량을 집어넣으며 워터 실드를 만들었다.

힘들기는 하지만 위험하지는 않았다.

워터 실드 마법을 하나 더 발현하여 확인해 보면 되니까.

치이익! 치이익!

빗방울은 워터 실드와 부딪치자 미약한 소리를 내면서 없어졌다.

아니, 워터 실드에 녹아들었다.

이제 남은 것은 내리치는 번개였다.

우리가 아는 번개는 대단히 무서운 힘을 가지고 있다.

그리고 전기에 대한 전도성이 높기 때문에 물과 닿아 있을 경우 감전을 당하게 된다.

여기서 중요한 것은 물에 닿아야 한다는 것이다.

전도성이 높은 물로 만들어진 워터 실드는 분명 번개를 맞았을 때, 그것을 흡수하고 수용할 것이라 생각했다.

물론 번개가 생각보다 강하다면 워터 실드를 한순간에 기화시키고 그 안에 있는 창준을 노리겠지만, 흑마법에 의해서 만들어진 번개는 그 힘이 자연적인 번개보다는 약할 것 같았다.

그래도 만약을 대비해 워터 실드를 반구형으로 더욱 크게 만들고 바닥에 닿아 지면으로 흡수되도록 유도했다.

이 방법은 대단히 효율적이었다.

복잡하게 생각하고 많이 지치게 만들었으나 큰 피해 없이 빠져나올 수 있었으니 말이다.

흑마법을 빠져나온 창준의 눈에 자신이 빠져나온 것을 모르고 마법진을 보면서 득의양양해하고 있는 스펜서가 들어왔다.

정면으로 붙어서 쓰러뜨리면 좋겠지만 라스베이거스에 있는 수많은 사람의 목숨을 판돈으로 도박을 할 수는 없었다.

사일런트(Silent) 마법을 사용해서 몰래 스펜서의 뒤에 도착한 창준은 미리 준비했던 워터 블레이드 마법으로 검을 만들어 스펜서의 등 뒤에서 찔렀다.

그나마 사로잡아야 한다는 생각에 목을 날리거나 심장을 노리지 않고 배가 있는 위치를 찌른 것이다.

"쿨럭!"

스펜서가 기침을 하니 시뻘건 선지피가 튀어나왔다.

누가 보더라도 대단히 심한, 어쩌면 죽을지도 모르는 상처를 입은 것이 분명했다.

창준은 결과에 당황했다.

사실 배를 찔리더라도 어디를 찌르냐에 따라서 5분도 지나지 않아 죽을 수 있는 일이라는 것을 창준은 몰랐다.

그만큼 인간은 연약한 존재라는 것을 말이다.

스펜서가 쓰러지자 그가 사용하고 있던 마법들이 모두 사라졌고 힘겹게 싸우던 소결과 헨릭은 안도의 한숨을 쉴 수 있었다.

헨릭은 서둘러 다가와 쓰러진 스펜서를 붙잡고 소리쳤다.

"이것을 멈추는 방법을 어서 말해!"

"쿨럭! 쿨럭! 크크크… 마법진을 멈춘다? 나도 잘… 쿨럭! 기억이 안 나는… 데……."

"내가 지금 장난하는 것 같아? 당장 말하지 않으면 네가 죽어가는 이 짧은 순간이 영원처럼 느껴지도록 만들어줄 수 있다! 산 채로 내장이 뽑히는 경험을 하고 싶어!"

미친 듯이 고함을 지르는 헨릭의 얼굴에서 살기가 흘렀다.

지금 그는 자신이 뱉은 말을 그대로 시행할 충분한 준비가 되어 있었다.

마법진을 멈추기 위해서라면 말이다.

헨릭은 스펜서의 상처에 엄지손가락을 박아 넣고는 상처를 벌렸다.

"크아아악!"

"어서 말해! 해제하는 방법이 뭐야!"

"으으… 크크극! 크하하하!"

비명을 지르던 스펜서가 웃음을 터뜨렸다.

"내… 영혼은 마신에게 속해 있다……. 죽음이 무섭거나 두렵지 않지……. 겨우 5분의 고통 때문에 영원한 고통을… 당할 것 같아? 그러니……."

스펜서는 힘겹게 손을 움직이더니 검지손가락 펴서 자신의 관자놀이에 가져다댔다.

그리고 히죽 웃었다.

"나중에 지옥에서 보자… 데스 핑거(Death Finger)."

"안 돼!"

헨릭이 깜짝 놀라며 막으려 했지만 이미 마법은 발현되었다.

핑!

날카로운 소리가 들리더니 스펜서의 손가락에서 튀어나온 예리한 마기가 반대편 관자놀이를 뚫고 지나갔다.

마법진에 대한 무슨 행동이나 말을 할 것이라고 생각했던 스펜서가 스스로 자살을 해버리자 지켜보고 있던 세 사람은 허탈한 얼굴이 되었다.

멍하니 스펜서를 바라보고 있던 헨릭은 분노를 못 견디는 사람처럼 부들부들 떨었다.

그리고 고개를 돌려 창준을 보더니 달려와 그의 어깨를 부여잡았다.

"제발 부탁이니 이 마법진이라는 것을 멈출 수 있다고 해줘!"

"그건……."

"안 된다는 말은 받아들이지 않겠어!"

"아까도 말했지만 나도 장담할 수 없다니까!"

"170만이다! 이곳 라스베이거스에 거주하는 인구수가 170만 명이라고!"

170만 명.

실감이 되지 않는 숫자다. 그런데 이 숫자 중에서 마약을 먹은 사람이 과연 몇 명이나 될까?

백 분의 일만 먹었다고 하더라도 1만이 넘어가는 키메라가 생긴다.

군대를 동원해도 쉽게 처리하지 못할 정도의 숫자였는데, 이곳에 거주하는 사람들은 그 많은 키메라를 어떻게 감당하겠는가.

창준은 마른침을 꿀꺽 삼켰다.

스스로 영웅이라고 생각하지 않는다.

하지만 그렇다고 악마라고 생각하지도 않는다.

그렇기에 악마가 되지 않기 위해서 도주하지 않고 남아 헨릭과 같이 싸운 것이다.

지금도 같은 마음이다.

어깨에 내려앉은 엄청난 부담감에 심장이 입으로 튀어나올 것처럼 격하게 뛰고 있었다.

이 부담감을 떨치기 위해서 도망이라도 치고 싶었다.

'하지만… 그러면 170만 명의 사람이… 죽는다…….'

선택의 여지가 없었다. 무조건 마법진을 멈춰야 했다.

창준은 후들거리는 걸음으로 마법진을 향해 걸어가서 멈췄다.

마법진은 이제 곧 절정에 달할 것이다.

그러면 라스베이거스에 1만이 넘는 키메라가 생긴다.

5서클 마법진이니 분석하려면 최소한 며칠은 필요할 것이다.

마법진을 자세히 분석할 시간도 없었다.

지금 힘으로 마법진을 해체해야 했다.

마법진은 그림으로 그려진 하나의 거대한 수학 공식이자 프로그램이다.

그렇기에 마법진을 분석한다는 것은 수학 문제를 풀거나 프로그램을 만드는 것과 같다.

창준은 마법진을 유심히 살펴봤다.

'기본 베이스가 되는 마법진은… 각성 마법을 기반으로 주위의 마나를 모아서 발동하는 방식이다.'

아마 이 마법진을 유지하는 데 창준이 만들었던 마나석

과 같은 연료가 있었다면 발동하기 위해 마나를 모으는 과정이 없어서 바로 활성화가 되었을 것이다.

창준의 이마에서 땀이 흐르기 시작했다.

아무리 살펴봐도 각성 마법진의 위에 쌓아올린 마법진은 처음 보는 것이었기 때문이다.

마법진을 해체하기 위해서는 마법진의 중심이 되는 곳에 있는 일종의 코어 역할을 담당하는 부분을 해체해야 했다.

마법진을 만들 때 하나하나 쌓아올린 내부 마법진들은 미로에서 지도와 같은 역할을 한다.

하지만 해체를 하게 되었을 때 내부 마법진이 구동되는 공식을 전혀 모른다면, 마법진을 구동하기 위한 지도 역할을 했던 내부 마법진은 하나하나가 컴퓨터의 방화벽과 같은 역할을 하게 된다.

"이 바닥을 폭파시키거나 부숴서 마법진이라는 것은 지우면 안 되나?"

"그로 인한 희생이 어느 정도가 될지 모르니까 그런 말을 하겠지."

마나로 해체하는 것이 아니라 강제로 마법진을 지우거나 손상을 시키면 마법진이 폭주하게 된다.

그러면 지금까지 마법진에 모았던 마나가 한 번에 터져

나가면서 대폭발이 일어나게 된다.

5서클 규모의 마법진이 폭발을 일으키면 반경 1킬로미터는 영향권에 들어갈 것이고, 수만에서 수십만의 사람이 죽거나 다칠 것이다.

이런 일을 방지하려면 정상적으로 마나를 이용해 마법진을 멈추든지 해체를 해야 했다.

지금 창준이 파악한 것은 기본 베이스가 되는 부분밖에 없다.

그러니 그 위에 쌓아올린 4개의 마법진을 힘으로 뚫고 가운데 코어를 해체해야 된다.

"제기랄… 사람들이… 점점 괴물로 변하고 있어!"

빌딩에서 아래를 내려다보던 헨릭이 절망적인 목소리로 소리쳤다.

고통에 몸부림치던 사람들의 외향이 변하는 것을 확인한 모양이었다.

창준은 더 지체할 시간이 없다고 생각했다.

이대로 조금만 더 있으면 마법진은 완벽히 발동할 것이고 사람들은 한순간에 키메라로 변이할 터였다.

마법진을 해체하려면 지금 당장 시도해야 했다.

"후우… 좋아!"

기합처럼 외친 창준이 마법진 아래 무릎을 꿇고 앉아

마법진의 제어를 담당하는 부분에 손을 올리고 눈을 감았다.

그리고 마나를 주입하자 머릿속에 마법진의 내부 경로가 그려지기 시작했다.

'자… 시작이다!'

창준은 빠르게 머릿속에 그려지는 길을 따라 달려 나갔다.

지금 머릿속에 그려지는 것은 이미 그가 알고 있는 부분이기 때문에 어렵지 않았다.

하지만 아는 길은 그리 길게 나오지 않았다.

어느 순간 그의 앞에 커다란 벽이 나타났기 때문이다.

'여기가 1차 관문이군.'

2서클 마법진의 기반이 되는 곳이다.

창준은 몸속에 있는 마나를 끌어 올려 강제로 앞에 있는 벽을 부수려고 했다.

그러자 생명인 것처럼 2서클 마법진의 벽에서 검은 마기가 흘러나와 창준의 마나에 저항을 했다.

흑마법을 기반으로 했기에 마기는 창준의 마나를 밀어내려고 격렬하게 바동거렸다.

하지만 3서클 이상의 마나를 쏟아붓는 창준의 앞에서 2서클 마기는 쉽게 사그라졌다.

쾅!

"좋아!"

헨릭은 마법진의 한쪽이 폭음과 함께 부서지자 작은 환호성을 질렀다.

그 소리에 신경 쓰지 않고 앞을 가로막던 벽을 부수고 들어간 창준은 다음 벽을 향해 나아갔다.

다음에 나타난 벽은 3서클 마법진이기 때문인지 2서클 마법진이었을 때보다 벽이 더 높고 두꺼웠다.

물론 실제 벽이 아닌 창준의 머릿속에 그려진 이미지였으나 실제로 구현한다고 하더라도 크게 다를 것은 없었다.

'후우……'

숨을 가다듬은 창준은 4서클의 마나를 끌어 올려 벽을 부숴갔고 3서클 벽은 창준의 마나에 마기로 대항하며 반항을 했다.

창준이 마법진을 해체하고 헨릭이 창준의 옆에서 손에 땀을 쥐고 바라보고 있을 때, 소결은 소리 없이 움직여 죽은 스펜서의 시체를 뒤졌다.

그녀에게는 스펜서가 가져간 반영검을 다시 가져가야 하는 임무가 있었고 한숨 돌릴 수 있는 상황에서 임무를 완수하려는 것이다.

스펜서의 시체를 살펴보던 소결의 얼굴이 일그러졌다.

'없… 어?'

반영검은 장검이다.

그렇게 커다란 물건이 주머니 같은 곳에 숨겨져 있을 리는 없다.

조심스럽던 행동은 사라지고 가친 손길로 스펜서의 몸을 뒤져봤으나 반영검은 나오지 않았다.

혹시나 다른 곳에 숨겨놨을지 모른다는 생각에 반영검에서 나왔던 기운을 떠올리며 이곳저곳을 뒤져봤다.

하지만 아무 곳에서도 반영검의 기운은 느껴지지 않았다.

소결은 복잡한 눈으로 스펜서의 시체를 바라봤다.

마음 같아서는 멱살이라도 흔들면서 어디에 숨겼냐고 물어보고 싶었다.

그러나 스펜서는 시체로 변했으니 대답을 듣고 싶어도 들을 수 없었다.

쾅!

다시 폭음이 울리면서 마법진의 일부가 부서졌다.

하지만 마법진에서 나오는 광채는 더욱 짙어지기만 했다.

소결은 잠시 마법진을 해체하고 있는 창준을 바라보다가

미련 없이 등을 돌렸다.

결과가 어떻게 나올지 모르지만, 만약 일이 잘못된다면 이곳은 키메라들의 살육 파티가 열리는 곳으로 변할 것이다.

그러니 냉정하다고 할지 몰라도 벗어나는 것이 옳았다.

또한 문제가 해결되더라도 중국 요원인 자신이 이곳에서 발견되는 것은 외교상 좋은 일이 아니다.

그러니 사라지는 것이 좋은 판단이다.

생각을 마친 소결은 옥상 난간을 훌쩍 뛰어넘어 사라졌다.

소결이 이렇게 사라졌지만 헨릭과 창준은 그녀에게 신경은커녕 관심도 없었다.

지금은 그것이 문제가 아니었으니까.

3서클 마법진을 넘은 창준은 4서클 마법진을 눈앞에 두고 있었다.

4서클 마법진은 당연히 3서클 마법진의 벽보다 두껍고 컸으며 2서클 마법진의 두 배는 족히 넘을 수준이었다.

창준은 시간이 없다는 것을 알기에 잠시도 쉬지 않고 가지고 있는 마나를 모두 끌어 올려 벽을 무너뜨리기 위해 사력을 다했다.

웅!

4서클 마법진을 창준이 건들기 시작하자 마법진 전체에서 공명하는 듯한 소리가 울리며 이상 현상을 보였다.

아무래도 4서클 마법진은 현재 펼쳐진 5서클 마법진의 근간에 엮여 있기 때문에 마법진 외향으로도 이런 현상을 보이는 것 같았다.

'크윽……'

마기가 창준의 마나에 대항해서 기세를 높이고 부서져가는 곳을 복원하면서 시간을 끌었다.

마치 시간을 끌면 자신이 이긴다는 것을 알고 있는 것처럼.

'여기서… 시간을 끌 수 없다고!'

진짜 문제는 마지막 남은 5서클 마법진이다.

지금 앞에 있는 4서클 마법진은 그곳까지 가기 위한 과정에 불과했다.

그러니 여기서 발목을 잡혀 시간을 지체할 수 없었다.

마나를 끌어 모은 창준은 한 번에 밀어 넣었다.

쿠우웅!

마나가 묵직한 소리를 내며 마법진에 부딪치고 벽에 서서히 금이 갔다.

그리고 다시 창준의 마나가 벽을 가격했을 때에는 우르르 무너져 내렸다.

'하아… 하아… 이제 5서클 마법진만 남았는데…….'

힘들었다.

마나의 소모가 극심한 것도 문제지만 4서클 마법진을 무너뜨리는 데 가진 힘의 거의 전부를 쏟아부어야 했다.

4서클 마법진이 이 정도였는데 5서클은 어떻겠느냐는 생각이 들었다.

그렇다고 시도도 해보지 않고 포기할 수 없었다.

최악의 경우에 실패를 하게 되더라도 최소한 가진 모든 역량을 동원해 보고 포기해야 맞는 일이었다.

지금 그의 어깨에는 170만 명의 목숨이 달려 있었기 때문이다.

마른침을 삼켜가며 앞으로 나아가자 얼마 가지 않아 5서클 마법진이 눈에 들어왔다.

기존의 마법진과 다르게 10미터 정도의 구형으로 생긴 5서클 마법진은 불길하게 검붉은색이었고 은은한 흑광을 주위에 뿌리고 있었다.

아마도 마법진의 코어는 이 구형의 5서클 마법진 안에 있을 것이다.

긴장한 눈으로 5서클 마법진을 바라보던 창준이 서서히 한 걸음씩 다가갔다.

'으윽…….'

아직 마법진에 도착하지도 않았는데 마법진에서 뿌려지는 마기가 창준을 압박해 들어왔다.

서둘러 마나를 뽑아 낸 창준은 실드 마법을 사용하듯이 자신의 몸에 둘러 방어막을 만들고서야 마법진에 다가갈 수 있었다.

가까이 마주한 마법진은 더욱 무겁게 창준에게 다가왔다.

'이거… 불가능할 것 같아…….'

시작도 하기 전에 생기는 부정적인 생각에 창준은 고개를 흔들고 정신을 차렸다.

아무리 힘들 것이 보인다고 하더라도 시작도 하기 전에 실패를 생각할 수는 없었다.

마음을 굳게 다잡은 창준은 마나를 끌어 올려 천천히 마법진에 접촉했다.

파지지직!

"크으윽!"

5서클 마법진에 접촉하자마자 마기와 마나의 충돌로 인하여 창준의 몸에서 스파크가 튀었다.

그 모습은 마치 강한 전류에 감전 당한 것과 비슷한 모습이었다.

"이, 이봐! 으아악!"

옆에서 지켜보던 헨릭이 깜짝 놀라며 자신도 모르게 창준의 몸에 손을 대는 순간, 엄청난 반탄력이 일어나며 헨릭을 십여 미터나 날려 버렸다.

다행히 크게 다치지는 않았으나 지금 창준이 얼마나 위험한 작업을 하고 있는 것인지 느끼지 못할 수 없었다.

헨릭의 예상대로 창준은 지금 대단히 위험했다.

"크으으으……."

몸속에 저장하고 있던 마나와 마기가 부딪치면서 작은 폭발이 연이어 일어나고 있었다.

그것들이 모두 창준의 몸속에서 일어나고 있어 신체적으로 느껴지는 고통은 말로 설명하지 못할 수준이었다.

겉으로 보이는 스파크 같은 것은 아주 일부에 불과했다.

창준은 이를 악물고 고통을 참아내고 있었다.

몸속에서 일어나는 마나와 마기의 충돌을 최소한 몸 밖으로 밀어내기 위해 마나를 한층 더 밀어 넣었다.

하지만 그의 힘이 늘어나는 만큼 마법진이 내보내는 마기의 힘도 강대해졌다.

지금 이 순간 다행이라고 할 만한 것은, 창준이 5서클 마법진을 공격하는 만큼 마법진이 완전하게 활성화되는 순간을 점점 늦추고 있다는 점이었다.

가지고 있는 모든 힘을 쥐어짜며 밀어 넣고 있으나 5서클 마법진은 요동도 없었다.

겨우 시간만 끌고 있는 것이 창준이 할 수 있는 전부였다.

'더… 참을 수 없어…….'

창준은 포기를 떠올렸다.

지금 상황에서 계속 이렇게 힘을 소진하다가는 자신이 마기에 먹혀 죽을 판국이었다.

거기다가 몸속에서 일어나는 폭발들 때문에 내상도 심하게 입었다.

이대로 해체를 하기 위해서 힘을 소진하다가 죽을 수는 없었다.

그에게는 책임져야 할 가족들이 있었으니까.

'미안하지만…….'

마음을 정한 창준이 서서히 자신의 힘을 줄여갔다.

그러면 마기도 그에 맞춰서 힘을 줄여갈 것이라 생각했다.

하지만… 그것은 창준의 오판이었다.

"허억!"

창준이 마나를 줄여 가자 마기는 기다렸다는 듯이 그의 마나가 줄어든 만큼 더 치고 들어왔다.

탐욕스러운 기색을 숨기지 않고 창준을 집어삼키려는 것이 느껴졌다.

'다시 밀어… 내야……'

최소한 균형을 이루던 때로 돌아가기 위해서 마나를 밀어 넣었다.

그러나 마기는 이 기세를 잃고 싶지 않은지 오히려 더 거세게 밀고 들어오더니 창준의 몸에 침입을 시작했다.

이제 중간에 멈추고 도망치는 것은 불가능했다.

마기는 창준이 중간에 도망가는 것을 허락하지 않는 듯했다.

"이… 이봐! 괜찮은 거야?"

창준의 몸에서 스펜서에게 느껴지던 검은 기운이 스멀스멀 스며 나오자 헨릭이 당황하며 물었다.

아까 손을 댔다가 튕겨난 이후로 그의 몸을 함부로 건드릴 수 없었다.

'아아악!'

몸에 침입한 마기가 마나와 신체를 공격하는 것을 느끼면서 창준이 목이 찢어져라 비명을 질렀다.

하지만 그 비명은 입 밖으로 튀어나오지 않고 머릿속에서만 울렸다.

자신의 신체도 제어를 못할 정도로 마기에 잠식당한 것

이다.

극심한 고통 속에서 창준의 눈앞에 지난 인생이 순간적으로 주욱 지나갔다.

그중에는 그가 기억하지도 못하는 어렸을 적 자신의 모습도 보였다.

태어나서 어머니가 자신을 안고 보여주던 미소와 처음 걷게 되었던 기억까지 전부.

'아… 이것이 주마등이라는 건가?'

고통이 사라지고 자신의 몸 상황을 관조하듯이 볼 수 있었다.

마기는 창준의 마나를 모두 모두 집어삼켰고 그것으로 부족했는지 생명의 기운까지도 모두 집어삼키고 있었다.

그것을 느끼면서 약간은 허탈한 마음은 있었지만 크게 아쉽지는 않았다.

어머니와 은미를 더 보살펴 주고 행복하기를 바라는 마음도 있었으나 이쯤에서 마무리를 해야 할 것 같았다.

자신의 재산은 아마 케이트가 어머니와 은미에게 잘 전달해 줄 것이다. 그녀는 믿을 수 있는 사람이었으니 말이다.

모든 것을 놓고 보니 문득 마법총론의 문구가 떠올랐다.

모든 것을 비웠을 때, 걸어갈 길이 드러난다.

문구를 떠올리자마자 창준은 정신이 아득해졌다.

헨릭은 상황이 나쁘게 흘러간다는 것을 확신했다.

스파크가 일어나던 창준의 몸에서 검은 기운이 흘러나올 때부터 불안했다.

그런데 검은 기운이 점점 늘어나더니 그의 피부까지 검은색으로 변해가기 시작한 것이다.

이 검은 기운은 분명히 스펜서가 사용하던 것과 같은 것이었기에 헨릭은 창준이 마법진을 풀다가 잠식을 당했다고 생각했다.

그러면 다음 방법을 사용해야 했다.

라스베이거스 시민들에게 당장 떠나야 한다고 알리는 것이다.

사람들은 패닉에 빠질 것이고 공황상태가 되어 엄청난 문제가 생기겠지만 그래도 170만이나 되는 인구가 모두 죽지는 않을 것이다.

가만히 있다가 죽는 것보다 도주라도 하면 키메라의 손에서 벗어날 확률이 높을 테니까.

헨릭이 연락을 취하려고 할 때, 창준의 몸에서 변화가 일어났다.

파아아앗!

"우와!"

갑작스러운 찬란한 광채가 창준의 몸에서 흘러나오기 시작했다.

그 빛은 따사로웠고 사람을 보듬어주는 느낌이 들었다.

마법진에도 변화가 생겼다.

창준의 몸에서 흘러나온 빛이 마법진까지 전염시켰는지, 마법진에서 하늘을 향해 쏘아 올라가던 녹색 빛이 창준의 몸에서 나오는 것과 같은 찬란한 빛으로 변했다.

하늘에 남아 있던 녹색의 불길한 기운은 찬란한 빛에 사그라졌다.

"서… 성공이구나!"

헨릭이 멍하니 그것을 바라보다가 서둘러 빌딩 끝으로 달려가 길가에서 고통에 몸부림치던 사람들을 찾아보았다.

그들이 정신을 차리고 일어나는 모습이 보였다.

헨릭이 이러는 사이, 무릎을 꿇고 있던 창준은 천천히 공중으로 떠올라 제대로 바라볼 수 없는 빛 무리 속에서 몸이 재구성되기 시작했다.

우두두둑!

뼈가 재배치되는 소리가 들리고 근육이 변화했다.

그 과정은 대단히 빨랐기에 헨릭이 창준에게 다가왔을 때는 이미 모두 끝나 있었다.

빛 무리가 서서히 창준의 몸속으로 다시 갈무리되고 창준은 평온한 얼굴로 정신을 잃고 누워 있었다.

겉으로 봐서는 이전과 전혀 달라진 것이 없었다.

하지만 창준은 분명히 이전과 달랐다.

그는 이제 5서클 마법사였다.

CHAPTER
08

심문을 받다

ALCHEMIST

올리비아는 집무실에서 꽤 많은 분량의 서류를 처리하고 있었다.

원래 한국으로 장기 파견을 오면서 대부분의 일을 인수인계하고 왔었다.

그러나 창준이 가족여행을 갔기에 잠시 본국의 일을 처리하고 있는 중이었다.

우우웅!

서류에 사인하는 소리만 울리는 집무실에서 휴대폰의 진동음이 들렸다.

읽고 있던 서류를 내려놓은 올리비아는 휴대폰을 받았다.

"올리비아 브리스톨입니다."

─케이트 프로시아입니다.

전혀 의외의 사람에게서 연락이 왔기에 올리비아는 조금 놀란 표정을 지었다.

"의외군요, 이렇게 당신이 연락을 줄 것이라고는 생각하지 못했는데… 일을 진행하시면서 도움이 필요해 연락을 주신 건가요?"

─도움이 필요한 것은 사실이지만, 사업 문제로 연락을 드린 것은 아닙니다.

"그래요? 그러면 무슨 일로……."

올리비아의 질문에 케이트는 잠시 침묵을 지키다가 이내 말했다.

─지금… 미국에서 알스에게 문제가 생겼다는 연락을 받았습니다.

"네? 그게 무슨 말이죠? 알스는 가족들과 라스베이거스로 여행을 간 것으로 알고 있는데요."

─저도 자세한 상황은 모르겠습니다. 알스가 맥데이드 회장님께 급히 한국으로 출국해야겠다고 했는데, 이후 연락이 끊겼습니다. 이전 상황을 들어보니 아무래도 체포된

모양입니다.

케이트의 말에 올리비아는 미간을 찌푸렸다.

그녀가 알기로 창준은 범죄를 저지르는 타입은 사람은 아니었다.

그런데 체포가 되었다니… 그녀가 생각했을 때 이유는 하나였다.

'설마… 알스의 능력이 미국 쪽에 들통 났다는 말인가?'

창준의 능력이 알려졌다면 아마도 미국에서는 창준을 유럽 쪽 요원으로 알고 있을 것이다.

─다방면으로 맥데이드 회장님이 손을 써보려고 하셨는데 성과가 없다고 하셨습니다. 제가 생각했을 때는 아무래도 미스 브리스톨이 알스를 도와줄 수 있을 것 같은데요.

"한번 확인을 해보도록 하지요. 정확하게 무슨 일인지 모르니 장담을 할 수 없다는 것은 이해해 주시기 바래요."

─…부탁드리겠습니다.

전화를 끊은 올리비아는 인터컴을 눌러 요원을 호출했다.

그러자 미리 대기하고 있었는지 바로 문을 열고 들어왔다.

"부르셨습니까."

"물어볼 일이 있어요. 지금 미국 쪽, 정확하게는 라스베이거스에 무슨 일이 있는지 조사를 해주세요."

"미국에 대한 정보는 이미 들어왔습니다. 아직 명확하게 파악되지 않아서 보고가 조금 늦어지고 있습니다."

"무슨 문제가 있었던 건가요?"

"저희도 사실 확실한 내용은 파악이 힘듭니다. CIA에서 철저하게 정보를 감추려고 하고 있는 것 같은데, 아무래도 규모가 큰 문제가 일어났던 것 같습니다. 그쪽에서 많은 노력을 하고 있지만 워낙 많은 목격자가 있어서 정보 통제에 힘겨워 하는 눈치입니다."

올리비아의 눈이 반짝였다.

분명 창준이 연관됐을 것이라는 생각이 들었기 때문이다.

"그래요? 어떤 일인데요?"

"아직 정확하지 않습니다."

"상관없어요. 그냥 말해주세요."

요원은 조금 망설이는 듯하더니 이내 입을 열었다.

"아무래도 그쪽에서 GVD로 인한 몬스터가 나타났던 모양입니다."

올리비아의 눈이 살짝 커졌다.

키메라에 대한 내용은 일반인에게 공개하지 않고 철저하

게 관리되고 있었다.

은밀히 처리하기 위해서 각국의 협조가 이뤄지고 있는 상황이었다.

그런데 드러나게 되었다니, 자국의 일은 아니지만 상당히 고심하도록 만드는 얘기였다.

"그래서 그게 끝인가요?"

"이외에 다른 것도 있으나 아직은 확인되지 않은 얘기들이기 때문에 정확한 상황 파악이 끝나면 보고를 드리도록 하겠습니다."

"알겠어요. 관련해서 새로운 내용이 들어오면 지체하지 말고 저에게 알려주도록 하세요."

"네, 알겠습니다."

보고를 마친 요원이 나가자 올리비아는 뭔가 골똘히 생각하다가 어딘가로 전화를 걸었다.

*   *   *

창준은 천천히 눈을 떴다.

가장 먼저 눈에 들어온 것은 천장에 붙어 있는 조명이었다.

'여기는… 어디지?'

마지막으로 기억이 나는 건 마법진을 해체하다가 마기가 자신의 몸을 집어삼켜 죽음을 느끼다 마법총론의 글귀를 떠올렸던 것이다.

'나는 죽은 것인가?'

그러나 그러면서도 자신이 죽었을 것이라는 생각은 들지 않았다.

그렇게 생각하기에는 감각을 통해서 들어오는 외부의 정보가 현실성 넘쳤으니 말이다.

"정신이 들었습니까?"

누군가의 목소리에 고개를 돌려 보니 40대의 백인 남자가 그를 바라보고 있었다.

입고 있는 가운으로 봤을 때 의사인 것 같았다.

의사는 창준의 눈에 불빛을 비춰보기도 하고 청진기로 소리도 들어보더니 차트를 들어 뭐라고 적었다.

"여기는⋯ 어디죠?"

"병원이라고 알고 있으시면 됩니다. 자세한 것은 다른 사람이 와서 설명해 주실 겁니다. 잠시 기다리고 계십시오."

의사가 밖으로 나가자 창준은 고개를 들어서 주위를 살펴봤다.

의사가 말한 것처럼 병원이라고 하기에는 조금 작았고,

고등학교 양호실처럼 생긴 곳이었다.

이곳에는 창준이 누워 있는 침대 하나만 있었다.

몸을 내려다보니 치과에서 보는 침대와 같은 곳에 팔다리가 두꺼운 가죽 벨트로 결박되어 있었다.

'결국… 잡혔군.'

기억을 잃고 있었으니 그를 잡아서 데려가기는 쉬웠을 것이다.

창준은 팔을 살짝 움직였다.

결박되어 있지만 얼마나 튼튼하게 묶여 있는지 알고 싶었다.

하지만 결과는 그의 예상과는 달랐다.

툭!

작은 소리와 함께 그를 묶고 있던 두꺼운 가죽 벨트가 끊어진 것이다.

'응? 이게… 무슨 일이지?'

벨트가 끊어진 것이 오히려 당황스러운 창준은 다른 팔과 다리도 움직여 보였다.

툭! 툭! 툭!

작은 소리가 들리면서 벨트는 손쉽게 끊어졌다.

여기가 어딘지는 몰라도 이게 이렇게 끊어지면 안 되는 것이라는 건 당연했다.

그렇지만 대체 왜 쉽게 끊어졌는지 알 수 없었다.

창준이 벌떡 일어나려고 하자 그의 몸이 하늘로 치솟았다.

"우왁!"

콰장창!

천장에 창준이 부딪치자 천장을 이루고 있던 패널들이 박살 나면서 창준과 같이 떨어졌다.

바닥에 엉덩방아를 찧은 창준은 이제야 깨달았다.

지금 자신은 몸에서 흘러넘치는 힘을 주체하지 못하고 있다는 것을 말이다.

소란이 일어나자 요란스러운 소리를 들은 사람들이 달려왔다.

"움직이지 마!"

검은 정장을 입은 요원 두 명이 창준을 향해 권총을 겨누고 소리쳤다.

창준은 지금 어떠한 강화 마법이나 실드 마법을 사용하지 않은 상태다.

때문에 권총이 발사되면 막을 방법이 없었다.

바닥에 앉은 상태로 두 손을 들고 소리쳤다.

"쏘지 마시오!"

"천천히 두 손으로 바닥을 짚고 엎드려!"

창준은 요원의 말에 순순히 따랐다.

그때 한 사람이 들어와서 권총을 겨누고 있는 두 요원에게 말했다.

"총 내려."

"네? 하지만……."

"이 사람은 우리에게 적대적인 사람은 아니다. 아직 관계를 정리하지 않았는데 쓸데없이 적으로 규정해서 대할 필요는 없어."

"…알겠습니다."

두 요원이 총을 거두자 들어온 사람이 엎드리고 있는 창준에게 말했다.

"이제 일어나도 된다."

창준은 그 말을 듣고서야 천천히 일어섰다.

익숙한 목소리라고 생각했는데, 요원들이 권총을 거두도록 만든 것은 헨릭이었다.

헨릭은 창준이 부숴 버린 천장을 바라보면서 휘파람을 불었다.

"휘익! 탈출을 하려고 했던 건가? 천장을 박살 냈구만."

"여긴 어디지? 그리고 내게 무슨 짓을 한 거야?"

"여기는 CIA에서 비밀리에 운영하는 곳이다. 병원으로 사용하기도 하고 간혹 잡아온 스파이들을 처분하기 전에 심문을 하거나 대기를 하는 곳으로 사용하기도 하지. 그리고 네게 무슨 짓을 하지는 않았어. 포도당 주사 정도는 놨겠지만."

창준은 자신이 스파이가 아니라는 말을 하려다가 말았다.

어차피 믿지도 않으니 더 말해봐야 입만 아프다.

"나는 감금당한 건가?"

"정확히 감금은 아니야. 감금을 하기에는 네가 라스베이거스에서 도와준 일이 윗선을 대단히 감동시킨 모양이거든."

라스베이거스 얘기가 나오니 일이 어떻게 됐는지 궁금하기는 했다.

"마법진은 중지시킨 건가?"

"하! 중지시킨 당사자가 기억을 못하고 있네. 당연히 중지했다. 네가 처리를 했지. 기억이 나지 않나?"

"……."

기억이 날 리가 없다.

마법진이 부서지기 전에 이미 창준의 의식은 저 너머로 날아갔었으니까.

"네가 해준 일은 고맙지만 그렇다고 그냥 보내줄 수 없는 것이 이 바닥이잖아. 특히 이번 라스베이거스 일 때문에 묻고 싶은 것들이 많은 것 같으니 미리 준비를 좀 하고, 난동은 피우지 말고 협조를 좀 해줘. 네가 함부로 난리 피우지 않을 거라고 생각해서 리들 에너지도 차단하지 않았으니까 말이야."

마법을 사용할 수 있다니 안심이 되기는 했다.

"그렇다고 강제로 탈출하려고 하지는 말아라. 여기에는 나와 같은 사람이 많아. 네가 리들 에너지를 사용해 난동을 피워도 단숨에 제압할 정도로 말이야."

헨릭이 가진 능력은 창준의 힘보다 낮다고 할 수 없었다.

그런데 그런 사람이 다수 있으면 아무래도 그의 말을 따르는 것이 좋았다.

"…알겠다."

창준에게 선택의 여지는 없었다.

헨릭이 나가고 사람들이 들어와 난장판이 된 방을 청소하기 시작했다.

창준은 어색하게 서서 그들이 치우는 것을 지켜보다가 자신의 몸을 관조해 봤다.

그리고 자신의 몸에 가득 차 있는 마나가 이전과는 대단히 많이 달라졌다는 것을 확인했다.

이 마나의 응집력이 말하는 것은 오직 하나였다.

바로 자신이 5서클 마법사가 되었다는 것이다.

환희에 얼굴이 밝아지던 창준은 이내 의혹이 가득한 얼굴로 변했다.

'잠깐… 5서클에 오른 것은 좋은 일이기는 한데… 갑자기 힘이 왜 이렇게 강해진 거지?'

이것에 대한 답을 줄 수 있는 사람은 없다.

그리고 창준 스스로도 모르고 말이다.

아무래도 한국에 있는 일리미트 비블리어시카를 확인해 봐야 정확히 알 수 있을 것 같았다.

'그런데… 과연 한국으로 돌아가는 것은 가능한가?'

헐리웃 영화를 보면 이런 식으로 잡혀온 주인공이 수십 년을 갇혀 지내게 되는 일도 있었다.

더럭 겁이 났지만 지금은 어쩔 수 없었다.

최소한 기회가 생겨야 도주할 수 있을 테니까.

'어머니하고 은미는 무사해야 할 텐데……'

*   *   *

쾅!

"그를 버린다고요?"

올리비아는 책상을 내리치며 크게 소리쳤다.

얼굴은 붉게 달아올라 얼마나 화가 났는지 한눈에 알아볼 수 있었다.

―버린다니… 어감이 별로 좋지 않군. 그와 우리 사이는 단순히 기브 앤 테이크 관계였을 뿐이지, 그가 우리 사람이라는 것은 아니었네.

"그렇다고 하더라도 미국에 억류되어 있는 그를 놔둔다는 것은 버린다는 것과 다를 바가 없어요! 이미 그와 우리는 상당히 많은 부분에서 얽여 있고 앞으로 그에게서 얻을 수 있는 것이 얼마나 많을지 상상도 안 되는 상황에서……

―우리가 그에게 얻을 것? 마법진을 말하는 것인가? 이미 우리는 그에게서 충분한 정보를 얻었네. 더 얻을 것이 뭐가 있다는 말인가?

"우리가 얻은 마법진은 가장 기초적인 부분이라는 것을 모르시나요?"

―기초적인 것이지. 하지만 그것을 연구했을 때, 시간은 걸리겠지만 충분히 그 이상의 성과를 얻을 수 있다는 판단을 내렸네.

올리비아는 전화기에서 흘러나오는 완고한 목소리에 답답함을 느꼈다.

"마법진만이 아니에요. 엘릭서라고 알려진 그 물건도 있고……."

—그건 아쉬운 일이기는 하지만 그렇다고 우리가 외교적으로 상당한 부분을 포기해야 되는 이런 상황은 허가할 수 없네.

"하아… 제 생각은 달라요. 지금 그를 미국에서 빼내면 앞으로 우리가 얻을 많은 이익이 있다는 판단이에요. 외교적으로 양보를 하더라도 그는 얻어야 한다고요."

—글쎄… 이건 나만의 생각이 아니니 어쩔 수 없네. 자네가 소속된 MI—5에서도 같은 판단이야.

"…MI—5에서도요?"

올리비아는 짜증이 확 밀려왔다.

그녀가 소속된 곳에서도 그렇게 판단을 했다면 할 수 있는 것은 없다.

아니, 그녀가 움직이더라도 최소한 영국에서는 움직이지 않을 것이다.

오히려 제제가 들어오지 않으면 다행이다.

—아무튼 그곳의 일은 정리하고 곧 본국으로 돌아오는 것이 어떤가? 그가 없으면 굳이 한국에 머물 이유도 없는데 말이네.

"…참고하도록 하죠."

전화를 끊은 올리비아는 머리를 쓸어 넘겼다.

그러다 끓어오르는 화를 참지 못하겠는지 자리에서 벌떡 일어났다.

"답답한 사람들 같으니……."

그녀가 생각했을 때에 창준은 반드시 구해야 되는 사람이었다.

그리고 향후 영국으로 국적을 바꿔 완전히 영국 사람으로 만들어야 했다.

그런데 본국에서 그저 버리는 방향으로 판단을 했다는 사실이 어처구니가 없었다.

이미 창준에게서 마법진을 받은 것은 사실이다.

그러나 그가 가진 마법진과 그 외의 마법적 지식들은 엄청난 자산이 될 것인데 이렇게 버린다는 것이 안타까웠다.

올리비아는 어떻게 해야 될지 방 안을 빙글빙글 돌면서 고민을 했다.

그렇게 꽤 오랜 시간이 지났을 때, 그녀의 머릿속에서 한 가지 방법이 떠올랐다.

자신들이 손해를 보지 않으면서도 창준을 꺼내 올 훌륭한 방법.

그러면서도 나중에 창준에게 충분히 생색을 내기에도 좋

은 방법이.

올리비아는 다시 의자에 앉아서 전화를 걸었다.

"대사님, 올리비아 브리스톨입니다."

그녀가 전화를 한 곳은 바로 주한 영국 대사관이었다.

―오랜만이군요, 미스 브리스톨. 무슨 일로 이렇게 전화를 주셨습니까?

"대사님께 자리 주선을 좀 부탁드리려고 합니다."

―제가요? 딱히 제가 나서서 자리를 주선할 사람이 있을지… 누구와 만나려는데 저에게 부탁을 하시는 겁니까?

"한국 국정원의 국장과 만났으면 합니다."

*　　　*　　　*

작은 방에 책상 하나와 의자 두 개가 있었다.

한쪽에 있는 커다란 반사 거울은 누군가가 그 뒤에서 지켜보고 있을 것 같았다.

창준은 그곳에 홀로 있었다.

여기로 안내된 이후 의자에 앉아서 누군가 들어오기를 기다리고 있는 것이다.

잠시 후 문이 열리고 한 사람이 들어왔다.

들어온 사람은 언젠가 창준에게 헨릭을 보냈던 거대한

덩치의 흑인 남자였다.

그는 창준의 맞은편에 앉아서 책상에 서류를 내려놓고는 악수를 청했다.

"반갑소, 나는 체스넛이라고 합니다."

"저는 알스라고 부르면 됩니다."

의자에 앉은 체스넛은 서류를 보면서 물었다.

"이름이… 창준? 아무튼 영어 이름은 등록된 것이 없군요."

"딱히 등록을 한 이름은 아닙니다. 보통 서양 사람은 동양 이름을 부르기 힘들어해서 영어 이름으로 사용하는 것이니까요."

"좋습니다. 그게 중요한 것은 아니니까요."

서류를 덮은 체스넛은 창준의 눈을 바라봤다.

"저희는 당신에게 여러 가지 궁금한 점이 많습니다. 그것을 당신이 속 시원하게 대답해 줄 수 있을지 궁금하군요."

"저는 제가 언제 이곳을 나갈 수 있는지 궁금합니다."

약간은 도발적인 질문이었다.

하지만 창준은 자신이 굳이 저자세로 나갈 필요는 없다고 생각했다.

양심에 거슬리는 것이 단 하나도 없으니까.

"그건 당신이 얼마나 협조적으로 나오냐에 따라서 달라지겠지요."

그의 말은 방금과 같은 태도는 좋을 것이 없다는 의미로 들렸다.

"먼저 당신의 국적은 한국으로 되어 있는데… 유럽의 어느 국가와 일을 하는 겁니까?"

"하아… 첫 질문부터 답답하게 만드는군요. 제가 몇 번이나 말을 했는데 믿지 않으니까요. 저는 한국 사람입니다. 그런데 제가 어느 나라와 일을 한다는 말입니까?"

"당신이 사용하는 리틀 에너지는 유럽에서 사용하는 힘입니다. 그것은 대단히 극비에 들어가는 일이며 유럽을 제외하고 어느 곳에서도 리틀 에너지를 사용하지 않습니다. 그런데 능력자를 단 한 사람도 보유하고 있지 못한 한국에서 당신을 데리고 있다고는 믿을 수 없군요."

창준에게는 답답하겠지만 체스넛의 말이 틀린 것은 아니다.

분명히 그들이 그렇게 오해하는 것은 근거가 있으니 말이다.

창준은 언젠가 올리비아에게 했던 것과 동일한 설명을 시작했다.

아스란이라는, 실제로 존재했으나 이 세상에는 없는 사

람을 들먹이며 얘기를 했다.

체스넛은 말을 모두 듣고 잠시 생각하다가 창준의 눈을 바라봤다.

"그러니까 아스란이라는 60대의 노인이 마법을 가르쳐주고 떠났고, 그가 언젠가 찾아온다고 했다는 말씀이군요. 그럼 그는 어디로 갔습니까?"

"모릅니다, 말씀을 해주시지 않았습니다."

"흐음… 좋습니다. 이전에 라스베이거스에서 엘릭서라고 이름을 붙인 약을 경매로 판매했던 것으로 파악하고 있습니다. 당신이 그것을 판매했던 사람이 맞습니까?"

"이미 알고 오신 것 같은데 또 물어볼 필요가 있습니까?"

"맞다는 말이군요. 그럼 그 약의 조제법도 알고 계시겠지요?"

알고 있다고 하면 바로 종이를 주면서 적으라고 할 기세다.

당연하기도 했다.

엘릭서라는 최상급 포션만 있으면 인간에게 존재하는 모든 병과 상처를 치료할 수 있었다.

탐나지 않을 수 없을 것이다.

창준은 이것을 말해줄 생각이 전혀 없었다.

"모릅니다."

"…모른다고요?"

"네, 모릅니다. 그건 제가 만든 것이 아니었으니까요."

"그럼 누가 만들었다는 말입니까?"

"제 스승이신 아스란이 만들었습니다. 그가 떠나기 전에 나중에 필요하면 사용하라고 주신 물건들이었습니다."

체스넛은 창준의 눈을 빤히 바라봤다.

마치 창준의 말이 사실인지 알아내려는 것처럼 말이다.

창준은 체스넛의 눈빛을 피하지 않았다.

어차피 자신이 거짓말을 하는지 알아낼 방법이 그에게는 없었다.

믿지 않는다고 하더라도 상관없었다.

최악의 경우에 이것은 협상 카드가 될 수도 있으니까.

"알겠습니다. 믿도록 하지요. 그러면 라스베이거스에서 있었던 일에 대해서 질문을 하도록 하겠습니다. 그곳에서 테러를 일으키려고 했었던 스펜서라는 사람을 알고 있었습니까?"

"저도 처음 만나는 사람이었습니다."

"하지만 당신은 그가 빌딩에서 테러를 일으키기 위해서 마법진? 이것을 준비하고 있는 것을 미리 알았다고 하던데……."

"마법사들은 당신들이 리틀 에너지라고 부르는 마나에 대해서 대단히 민감합니다. 특히 마법을 사용하려고 하거나 스펜서와 같은 무리에 대해서는 특히 더 민감하지요."

"스펜서와 같은 무리라면……."

"저희는 그들을 흑마법사라고 부릅니다. 강한 힘을 얻기 위해, 아니면 다른 무언가를 얻기 위해서 영혼을 악마에게 팔아버린 마법사를 말합니다."

체스넛은 솔직히 창준의 말을 믿기 어려웠다.

요즘 세상에 악마라니……

하지만 그렇다고 의심하지는 않았다.

자신들만 하더라도 세상에서는 영화에서만 볼 수 있는 가상의 존재라고 생각하지 않는가.

실제로 악마가 있다고 하더라도 믿지 못할 이유가 없었다.

창준은 흑마법사에 대해 자신이 알고 있는 한도에서 모두 말해줬다.

어차피 창준이 알고 있는 부분은 많지도 않았다.

"그러면 스펜서라는 흑마법사를 부리는 사람은 누군지 알고 있습니까?"

"모릅니다. 말씀드렸다시피 저도 흑마법사라는 자와 그 때 처음 만났으니까요."

"…혹시 당신의 스승이라는 아스란이 흑마법사를 가르쳤 다거나 아니면 그들과 한패일 가능성은……."

창준은 하마터면 웃음을 터뜨릴 뻔했다.

이 세상 사람이 아닌 아스란이 흑마법사와 한패일 가능 성은 터럭만큼도 없었다.

그런데 그런 그를 의심한다는 것이 재미있었던 것이 다.

하지만 다르게 생각하면 그가 자신의 말을 상당 부분 믿 는다는 반증이 되기도 했다.

그렇게 생각하며 별다른 내색을 하지 않았다.

"불가능합니다. 스승님은 흑마법사는 저주받은 존재며 목격하는 즉시 죽여야 할 존재라고 하셨습니다."

"음… 알겠습니다."

그 후 몇 가지 질문을 더 던지는 것을 끝으로 체스닛은 자리에서 일어나 방을 빠져나갔다.

그리고 바로 옆방의 문을 열고 들어가니 반사 유리를 통 해 안을 보고 있는 한 여자가 보였다.

이제 20대로 보이는 상당한 미모를 가진 금발의 백인 여 자였다.

그녀는 체스닛이 들어왔는데도 창준을 향한 시선을 거두지 않고 입을 열었다.

"거의 진실입니다."

"어디서부터 어디까지가 진실이지?"

"엘릭서의 제조 방법을 모른다는 그의 말은 거짓인 것 같더군요. 그리고 아스란이라는 사람에 대해서 말할 때는……."

여자는 잠깐 머뭇거리다 말을 이었다.

"조금 모호합니다. 거짓은 아닌데 그렇다고 진실도 아니어서 일부만 진실인 것 같습니다."

"그런가? 엘릭서에 대해서 알려주면 좋은데… 조금 아쉽군."

체스닛이 아쉽다는 듯 입맛을 다시자 여자도 씁쓸한 미소를 지었다.

"그래도 진실과 거짓을 구분하는 능력을 가진 자네가 있으니 다행이군. 그가 상당히 사실만 말했다는 것을 알아낸 것만으로 충분하기는 해."

"그에게서 엘릭서의 제조 방법을 알아낼 때까지… 다른 방법을 사용할 겁니까?"

다른 방법은 지금 창준과 얘기했던 것처럼 평화적인 방법은 아니다.

창준에게는 고통스러운 시간이 될 방법이다. 그것도 아주 많이.

"어차피 소용없을 거야. 그 엘릭서라는 것도 리들 에너지를 이용해서 만들어낸 것일 테니까. 우리가 리들 에너지를 사용하는 방법을 모르면 소용이 없을 게 분명해."

"아쉽군요. 저들에게 그 사용법만 알아내도… 대체 무슨 방법이기에 리들 에너지 사용법을 누설하면 그들이 모든 힘을 잃고 백치가 되는 걸까요?"

"나도 궁금하네."

그들은 절대 모를 것이다.

마법사에게는 자신의 마나를 걸고 약속을 할 수 있었다.

그것을 어겼을 경우 마나는 사라지고 그 충격에 백치가 된다.

아마도 그들이 잡았던 마법사들은 그런 방법에 의해 백치가 되었을 것이다.

유럽에서는 이 방법이 비인도적이었다.

하지만 지식이 누설되는 것을 방지하기 위해서는 어쩔 수 없다고 생각했다.

그리고 그 덕분에 아직까지 미국에 마법이 누설되지 않았기도 했고 말이다.

"일단 저 사람은 다시 방에 가둬두게."

"어떻게 하실 생각이죠? 보안 감옥에 가두실 생각인가
요?"

"아직은 모르겠네. 보안 감옥에 가두기에는… 우리가 큰
빚을 진 것 같기는 한데… 그렇다고 놔주기에는 너무 아깝
거든. 아마 저 알스라는 사람이 중요하다면 어디서든지 압
박이 들어올 테니 그때 판단하면 되겠지."

CHAPTER
09

한국으로 돌아오다

ALCHEMIST

한국 최고급 호텔 중에 하나인 임페리얼 호텔 레스토랑에는 거물급 인사들이 긴밀한 협의를 나눌 수 있도록 사람들의 시선이 차단된 자리가 있다.

들어가는 입구부터 비밀스럽게 만들어져 있어 국내외 몇몇 사람이 이용하는 곳이다.

국정원장 정규태는 이곳에서 꽤 많은 회의를 했었기에 그리 낯선 장소는 아니었다.

하지만 그 역시 영국 대사의 요청으로 자리를 만든 것은 처음이었다.

'영국 대사가 누구를 소개한다는 것인지…….'

약간은 뜬금없이 연락이 와서 소개할 사람이 있다고 비밀리에 만남을 요청했을 때 정규태가 얼마나 당황했는지 모른다.

그의 자리가 자리인 만큼 외국 대사를 만나는 것은 상당히 조심스러울 수밖에 없기 때문이다.

특히 영국의 경우 얼마 전에 MI-6 요원을 보내기도 했지 않던가.

아무튼 거절하기에는 뭔가 애매한 것이 있어서 승낙을 하기는 했으나 지금도 누가 이곳에 나올지 감을 못 잡고 있었다.

그가 이렇게 고민하고 있는 사이 문이 열리면서 한 사람이 들어왔다.

이제 20대 초반으로 보이는 나이에 황금빛 금발을 휘날리며 들어온 엄청난 백인 미녀였다.

하지만 정규태는 미모에 놀라기에 앞서 그녀가 굉장히 낯이 익다는 것에 집중했다.

문이 닫히고 두 사람만 남자 백인 미녀가 다가와 악수를 청했다.

"처음 뵙겠습니다, 올리비아 브리스톨입니다."

이름을 듣는 순간 왜 낯이 익었는지 이해했다.

아니, 단번에 알아차리지 못한 자신에게 채찍질을 했다.

"안녕하십니까, 태규 정이라고 합니다."

간단한 인사를 나눈 후 자리에 앉자 올리비아는 쉬지도 않고 시계를 보더니 입을 열었다.

"시간이 없군요. 먼저 제가 이렇게 국정원장님을 청한 것은 영국의 입장과는 전혀 별개의 이야기라는 것을 알려드려야겠군요. 그리고 이곳에서 나눴던 이야기는 향후 다른 곳에서 말씀을 하신다고 하더라도 전면 부인할 것을 미리 알려드립니다."

정규태는 속사포 같은 올리비아의 말을 듣고 뭔가 대단히 심상치 않은 일이 그녀의 입에서 나올 것이라 예상했다.

그러니 그의 마음이 바짝 긴장하게 되는 것은 당연했다.

"알겠습니다, 이곳에서 말씀하신 내용은 절대로 누설하지 않도록 하지요. 그리고 행여나 다른 사람을 통해 나가더라도 미스 브리스톨의 이름이 나오는 일은 없을 것입니다."

정규태가 확실하게 얘기를 하자 올리비아는 그를 보고 고개를 살짝 끄덕였다.

"한국에서 나타난 리틀 에너지에 대해서 조사를 하고 있다고 알고 있습니다."

올리비아의 말에 정규태의 얼굴이 살짝 굳었다.

극비 내용은 아니었으나 국정원 내부에서 일어나는 일을 다른 나라 사람의 입을 통해서 듣는 것은 그리 기분 좋은 일은 아니다.

"그 사람… 누군지 파악을 하셨나요?"

"…알아가는 단계입니다. 어느 정도 가닥을 잡았다고만 말씀을 드리지요."

자존심 때문에 전혀 감도 잡지 못했다는 말을 할 수 없었다.

자신의 입으로 국정원의 무능함을 알리는 것 같은 기분이 들었기 때문이다.

이런 정규태의 마음을 아는지 올리비아는 미미하게 고개를 끄덕이고는 입을 열었다.

"그러면 제가 국정원에서 그 사람을 찾는 수고는 최대한 줄여줄 수 있을 것 같군요."

"그 사람이 누군지 알고 있다는 말씀입니까?"

"정확히 알고 있습니다."

이번에는 정규태의 얼굴이 와락 일그러졌다.

그의 머릿속이 바쁘게 움직였다.

왜 그녀가 자신을 불렀는지, 왜 자신들이 찾고 있는 사람을 알려준다고 하는 것인지.

그들이 사는 세상에서는 공짜라는 것이 없다.

처음에는 공짜처럼 보이지만 나중에는 그 이상을 얻어가는 곳이 그들이 사는 세상이다.

정규태는 신중하게 물었다.

"그것을 알려주는 대신… 당신이 원하는 것은 무엇입니까?"

"믿을지 모르겠지만… 없습니다. 아마도 이것으로 이익을 얻는 곳이 있다면 국정원일 것입니다."

"믿을 수 없군요. 설마 그 사람이 영국과 적대적인 관계에 있는 나라에서 온 사람입니까?"

지금 당장 생각할 수 있는 것은 이것이다.

영국과 적대적인 나라에서 온 요원이 한국에서 공작을 벌이고 있었다고 한다면, 국정원에서 그 요원을 체포하거나 제거하는 것으로 올리비아는 충분히 많은 것을 얻는 것일 테니까.

"훗! 재미있는 말씀을 하시는군요. 절대로 그럴 리가 없지 않을까요? 사실 그 사람은 요원도 무엇도 아닙니다. 알고 계실지 모르지만 요원이라는 사람이 돈을 벌기 위해서 액세서리나 만들어서 팔지는 않을 테니까요."

액세서리 얘기를 하는 것을 보니 그녀가 말하는 사람은 분명히 자신들이 찾던 사람이 맞았다.

정규태는 두 손을 들었다.

무엇을 원하는지 모르지만 우선 그녀가 말해주는 정보가 전혀 해롭지 않아 보였으니 듣기로 결정한 것이다.

"좋습니다. 아무것도 원하는 것이 없다고 하시니 그렇게 이해를 하도록 하지요. 그러면 말씀을 해주십시오. 그 사람이 누굽니까?"

올리비아의 입꼬리가 슬며시 올라갔다.

가방에서 서류를 꺼낸 올리비아가 식탁에 올리고는 정규태의 앞으로 밀었다.

"이름은 김창준이라고 하고 나이는 약 24살입니다. 사는 곳은……."

정규태가 서류를 읽는 것을 보면서 올리비아는 자신이 알고 있는 창준의 인적사항에 대해서 간단한 설명을 첨부했다.

서류를 빠르게 읽어보던 정규태는 점점 눈이 커졌다.

"한국… 사람이라는 말입니까? 당신들의 리틀 에너지를 사용하는 사람이?"

도저히 믿을 수 없다는 표정을 지은 정규태는 대답을 요구하는 눈빛으로 올리비아를 바라봤다.

"저희도 그 사실에 관련해서 많은 조사를 했습니다. 그리고 내린 판단은 당신의 말이 맞다는 겁니다. 참고로 이 부분에 대해서 그 사람이 저희 유럽 쪽과는 전혀 관계가 없다는 것을 가문의 이름을 걸고 맹세를 하지요."

이렇게까지 말을 하니 믿음이 가기는 했다.

하지만 정확하게 처리하기 위해 어차피 국정원에서도 따로 자세하게 조사를 할 것이다.

정규태는 서류를 하나하나 자세하게 읽어갔다.

서류상으로 봤을 때 창준은 명백하게 한국 사람이고 다른 나라에 고용된 이중 첩자는 아닌 것 같았다.

그렇게 생각하기에는 서류상으로 확인되는 것이 너무 많았다.

문득 창준은 국정원에서 스카웃하는 것을 떠올렸다.

그러면 한국은 공식적으로 능력자 한 명을 보유하고 있는 것이다.

비공식으로 하면 두 명이다.

적은 숫자였고 다른 나라에 비하면 초라할지 몰라도 능력자를 단 한 명도 보유하지 못한 나라가 많은 것을 생각하면 대단히 매력적이었다.

올리비아는 뭔가 골똘히 고민하는 정규태를 보면서 미소를 지었다. 그녀의 의도대로 돌아가는 것 같았다.

'이제 남은 것은 기다리기만 하면 되는 것인가?'

* * *

국정원장이 있는 사무실로 걸어가는 나 부장의 얼굴은 참담했다.

'이번에는 뭐라고 변명을 하지?'

머리를 아무리 굴려도 나오는 답이 없었다.

1년이 넘는 시간 동안 자신의 부서에서는 무수히 많은 의문을 만들었으나 정확한 해답을 제시했던 일이 단 한 번도 없었다.

그렇다고 그가 편히 쉬면서 보낸 것은 아니지만 원래 한국 사회가 결과를 중시하지, 과정을 중시하는 곳은 아니지 않던가.

공무원이니 잘리지는 않겠지만 잘못하면 부장에서 차장으로 강등당하거나 최악의 경우에는 일을 해결하지 못하는 부서가 필요 없다는 판단에 해체되는 일이 벌어질지도 몰랐다.

딱히 할 변명이 없다 보니 머릿속에 떠오르는 것은 이런 불길한 생각뿐이었다.

국정원장 사무실 앞에 멈춘 나 부장은 깊게 심호흡을 한 번 하면서 진정하고 문을 열었다.

문을 열고 들어가자 넓은 국정원장 사무실에 혼자 큰 책상에 앉아서 누군가의 프로파일을 읽고 있는 국정원장 정규태의 모습이 보였다.

"부르셨습니까."

나 부장에게 시선을 돌린 국정원장은 프로파일을 닫고 책상에 내려놓은 뒤 살짝 밀었다.

"이리 와서 이 프로파일을 읽어보도록 하시지요."

"아, 예!"

나 부장이 얼른 다가와 책상 위에 있는 프로파일을 집어 들었다.

'어디 보자… 이름이 김창준이고 나이는 24살이군. 음… 군대는 다녀왔고…….'

프로파일을 모두 읽으면서 그가 내린 판단은 정말 평범한 시민이라는 것이다.

아무리 그가 유명무실한 부서의 부장이지만 그렇다고 이런 프로파일 이면에 있는 이상한 부분을 찾지 못하는 사람은 아니다.

'응? 이건 좀… 이상한데?

프로파일에 의하면 창준이라는 사람은 작년부터, 정확하게는 작년 라스베이거스를 다녀온 이후로 갑자기 돈이 많아졌다.

집은 부자들만 산다는 로얄팰리스였고 회사도 운영하고 있었다.

심지어 그 회사는 대단히 혁신적인 기술을 가지고 있었다.

나 부장이 프로파일 마지막 장까지 모두 읽자 국정원장이 물었다.

"이상한 점이 있소?"

"네, 작년을 기준으로 엄청 돈이 많아졌습니다. 이건… 일반인이 짧은 시간에 벌어들일 돈의 규모가 아닌 것 같습니다."

"그것 말고 다른 점은?"

"그게… 별로 없는 것 같습니다."

나 부장의 말에 국정원장은 고개를 끄덕였다.

그의 생각과 같았기 때문이다.

"이 사람이 불법적인 방법으로 많은 돈을 벌어들인 겁니까?"

나 부장이 생각할 수 있는 한계는 여기까지다.

하지만 그것이 그가 무능하기 때문은 아니었다.

국정원장도 올리비아에게 듣지 않았다면 절대로 짐작할 수 없었을 테니까 말이다.

"이 사람이 우리가 찾던 그 사람이오."

'그 사람? 누굴 말하는 거지? 그 사람이라고 부를 만큼… 어?'

나 부장은 국정원장이 말한 것이 누군지 퍼뜩 생각이 났다.

"설마… 이 사람이 우리가 찾던 리들 에너지를 사용하는 사람이라는 말씀입니까?"

국정원장이 고개를 끄덕였다.

나 부장은 대체 국정원장이 어디서 이런 정보를 얻었는지 궁금했으나 지금은 약간의 액션이 필요한 타이밍이었다.

"알겠습니다! 지금 당장 이 사람을 잡아오도록……."

"그가 어디에 있는지 알고 하는 말이오?"

"네? 아… 지금 당장 나가서 그의 위치를 찾아……."

"이미 그가 어디에 있는지는 알고 있습니다."

"아… 예… 그러면… 그가 어디에 있습… 니까?"

답답한 나 부장의 질문에 국정원장은 고개를 흔들었다.

어쩔 수 없었다.

이렇게 약간 무능하기 때문에 그를 4과의 부장으로 만들었던 것이었다.

한 가지 비밀을 숨기기 위해서 했던 일인데 지금 같은 상황이 오니 살짝 짜증이 났다.

그러나 지금 당장 나 부장을 경질시키고 다른 사람으로 대체하는 것은 아무리 자신이 국정원장이라고 하더라도 조금 곤란한 일이었다.

"그는 지금 미국에 억류되어 있습니다. 이미 처리는 다 해놨습니다. 당신은 예약된 비행기를 타고 미국으로 건너가 이 사람을 데리고 오면 됩니다."

"아… 알겠습니다."

국정원장이 나 부장을 보면서 낮은 목소리로 말했다.

"우리가 이 사람을 다시 한국으로 데리고 올 수 있도록 많은 것을 미국에 양보했습니다. 외교적인 것들은 물론이고 각종 이권까지 말입니다. 일을 처리하면서 문제가 생기지 않도록 주의를 하시고 반드시 지정된 장소로 그를 데리고 오셔야 합니다. 알겠습니까?"

다시 한 번 주의하는 국정원장의 말을 들으면서 창준을 데리고 오는 것이 얼마나 중요한 일인지 다시금 인식했다.

"반드시 문제가 없도록 조치하겠습니다."

"가실 때는 4과의 인원을 모두 데리고 가도록 하세요."

"네? 전부… 말입니까?"

4과의 인원이 전부 움직이면 요즘 한국에서 일어난 일로 움직이던 승철 및 다른 사람들까지 하던 일이 중단될 수밖에 없었다.

"전부입니다."

"네, 알겠습니다. 전부 데리고 가도록 하겠습니다!"

나 부장이 대답을 하고 나가자 홀로 남은 국정원장이 자리에서 일어나 창문 밖을 바라봤다.

딱히 어딘가를 주시하는 것은 아니었다.

그저 나중에 만날 창준을 생각하는 것일 뿐이다.

'어서 오시오. 어떤 사람인지 대단히 궁금하니까 말이오.'

＊　　　＊　　　＊

침대에 누워서 멍하니 있던 창준은 발작적으로 상체를 일으켰다.

'지겨워……'

바쁘게 지낼 때는 아무것도 하지 않고 가만히 있는 것만으로도 충분히 즐겁다.

하지만 이렇게 강제적으로 아무것도 하지 않고 있으면 그 무료함은 최악에 가깝다.

주위를 둘러보니 이제는 익숙해져 가는 방 안의 모습이 눈에 들어왔다.

작은 방 정도의 크기였고 그가 누워 있는 작은 침대와 조그만 탁자, 의자 두 개를 제외하고 다른 가구는 하나도 없다.

그나마 조그만 냉장고가 있어서 시원한 물을 먹을 수 있다는 걸 다행으로 생각해야 했다.

이곳에서 거의 열흘에 가까운 시간을 보냈다.

딱히 누가 찾아오는 것도 아니고 그렇다고 나갈 수 있는 것도 아니다.

감옥이라고 하기에는 미묘하지만 굳이 분류하자면 감옥에 속하는 이곳은 창준을 꽤 답답하게 만들고 있었다.

그래도 이곳에 있으면서 얻은 것이 전혀 없지는 않았다.

처음 다시 정신을 차렸을 때는 몸에 흐르는 힘을 주체하지 못하고 천장에 머리를 박는 것처럼 꼴사나운 모습을 보였었다.

그런데 지금은 꽤 익숙해져 머리를 천장에 박는 그런 행동은 하지 않을 수 있었다.

물론 완전히 제어가 되는 것은 아니라서 상당히 신경을 쓰고 천천히 움직여야 했다.

행여나 빨리 움직이려 하다가는 벽에 머리를 박을 수 있다.

'빨리 한국으로 돌아가야 되는데……'

한국으로 돌아가면 가족들과 다시 만나서 자신이 무사하다는 것을 알려줄 수도 있었다.

무엇보다 일리미트 비블리어시카에서 이 힘을 제어할 수 있을 것이라는 희망이 있었다..

평생을 이렇게 조심스럽게 행동하면서 살다가는 복장이 터져서 죽을지도 모른다.

창준이 이런 생각을 하면서 다시 침대에 벌렁 누웠을 때 누군가 방문을 열었다.

방문 밖에는 헨릭이 서 있었다.

창준은 누운 상태로 고개만 들고 쳐다봤다.

"왔어? 왜 그러고 서 있어? 들어오려면 들어올 것이지."

헨릭은 창준이 이렇게 갇혀 살듯이 있는 동안 꽤 빈번하게 찾아왔다.

그렇다고 그가 창준은 심문하기 위해서 오는 것은 아니었다.

그저 이렇게 불쑥 찾아와 커피나 마시면서 이런저런 얘기를 했을 뿐이다.

헨릭은 창준이 미국을 위해서 대단히 위험한 작업을 했다는 것을 알고 있는 사람이다.

어쩔 수 없이 창준을 잡아오기는 했으나 이렇게 자주 찾아와서 같이 얘기를 하고는 했다.

평소 헨릭을 아는 사람들은 이런 그를 이상하게 바라보고는 했으나 별로 신경 쓰지 않았다.

창준과 헨릭은 꽤 친분이 생기게 되었다.

헨릭은 창준의 말에도 움직이지 않고 얼굴에 미소를 띠었다.

"내가 들어가는 것이 아니라 네가 방을 나와야 된다."

"왜? 또 심문이라도 하는 건가?"

처음 체스넛이 심문을 진행한 이후로도 심문은 몇 번에 걸쳐 더 있었다.

그러니 또 심문을 하는 것은 아닌가 하는 생각에 던진 말이다.

"그게 아니고, 이제 이곳을 나가려고 하는 거야."

"나가? 풀어준다는 말인가?"

"거기까지. 내가 대답을 해줄 권한은 없어. 가보면 알게 될 테니까 빨리 나와."

창준은 고개를 갸웃거리고는 침대에서 일어나 방을 나섰다.

그러자 문 옆에 서 있던 남자들 중 한 명이 창준의 머리에 두건을 씌우려고 했다.

"뭐야? 이런 것까지 해야 돼?"

"그러면? 여긴 비밀리에 운영되는 곳이야. 너한테 이곳의 위치를 알려줄 수 없으니 당연한 일이라고. 아니면 수면제라도 맞은 다음에 나가서 깨워야 되거든."

마음에는 들지 않았지만 어차피 창준에게 선택의 여지는 없었다.

두건을 머리에 뒤집어쓴 창준은 혹시나 하는 마음에 실드 마법을 조용히 사용했다.

행여나 눈이 보이지 않을 때 신체적인 위해에 대비한 것이다.

창준은 평소에 이런 걱정을 하지 않던 일반인이었다.

하지만 요 며칠 사이에 쓸데없는 걱정이 늘어나게 되었다.

그나마 이 정도로 하는 것도 헨릭을 꽤 믿기 때문이었다.

누군가의 손에 끌려서 나온 창준은 한참을 걷고 엘리베이터를 탄 뒤 마지막에는 차에 탑승했다.

차에 탄 지 약 2시간이 지나고 나서야 얼굴의 두건을 벗겨줬다.

두건이 벗겨진 후 먼저 알아챈 것은 이곳이 작은 공항이라는 점이었다.

"공항? 바로 한국으로 보내주는 건가?"

"마중 나온 사람들이 있다."

마중 나온 사람이라는 말에 가장 먼저 떠올린 것은 올리비아와 영국 사람이다.

이곳에 갇혀 있으면서도 창준이 꽤 느긋하게 있었던 것은 올리비아와 영국 정보국 MI−6 때문이었다.

그들이 자신에게 원하는 것이 있으니 이대로 놔두지는 않을 것이라 생각했기 때문이다.

차는 공항으로 들어가 활주로에 서 있는 비행기 앞에 멈췄다.

흔히 영화에서 부자들이 개인용 비행기로 이용하던 작은 비행기였다.

차에서 내린 창준은 비행기 앞에 서 있는 두 사람을 보고 살짝 움찔했다.

'동… 양인?'

비행기 앞에 서 있는 사람은 바로 국정원의 나 부장과 4과의 승철이었다.

창준이 헨릭에게 물어보려고 하는데, 헨릭은 먼저 두 사람에게 걸어가 악수를 하고 승철에게서 서류를 건네받고 있었다.

그사이 나 부장이 창준에게 다가왔다.

"김창준 선생님?"

"…네?"

나 부장이 창준에게 극존칭을 쓰며 다가와 악수를 청하며 입을 열었다.

"처음 뵙겠습니다, 국정원 4과 부장인 나종옥이라고 합니다. 이렇게 만나게 돼서 참 반갑습니다."

"네… 반갑습니다."

창준은 약간은 얼떨떨한 기분으로 나 부장과 악수를 나눴다.

두 사람이 악수를 하고 있는 곳으로 걸어온 헨릭은 창준의 어깨를 두드리며 말했다.

"이제 고국으로 돌아가는군. 나중에 다시 만날 때는 좋은 일로 만나길 바란다."

"어… 그래."

마지막으로 한 번 웃어 보이고 헨릭은 자신이 타고 온 차를 향해 걸어갔다.

"비행기에 오르시지요."

나 부장의 말에 창준은 천천히 비행기에 올라섰다.

일반적인 비행기의 모습과 다르게 몇 개의 좌석만이 있

는 고급스러운 실내가 눈에 들어왔다.

그곳에는 두 사람이 서서 창준을 기다리고 있었는데, 4과의 현욱과 정선이었다.

"편한 자리에 앉으시지요."

대충 빈자리에 창준이 앉자 나 부장은 창준의 반대편에 앉았다.

다른 사람들 역시 각자 자리를 잡고 앉았다.

모두 자리에 앉고 얼마 지나지 않아 비행기는 활주로를 달려 하늘로 날아올랐다.

안전벨트를 착용하라는 불이 꺼지고 나서야 나 부장이 창준을 보며 웃는 얼굴로 입을 열었다.

"조금 당황하신 모양입니다."

"네… 솔직히 그렇습니다. 설마 국정원에서 나오신 분들을 만날 거라고 생각하지 못했거든요. 저는 외교부나 대사관의 사람이 와서 꺼내줄 거라 생각했는데… 괜히 제가 대단한 사람이 된 것 같은 기분입니다."

창준은 철저히 자신의 마음을 숨겨가며 일반인들이 할 만한 말을 입에 담았다.

아직 이들이 자신의 힘을 알고 이렇게 나오는 것인지 어떤지 모르기에 조심하는 것이다.

국정원이 정확히 어떤 일을 하는지도 모르는 창준이지

만, 이곳이 가지고 있는 구시대의 악명을 똑똑히 기억하고 있었다.

물론 그것들은 거의 국정원 이전의 중앙정보부, 국가안전기획부라는 이름을 가졌을 때의 일이기는 하지만 말이다.

창준의 말에 나 부장은 묘한 표정을 지었다.

"그렇게 생각을 하신 것이 맞으신지… 저희는 이미 선생님이 가진 능력을 잘 알고 있습니다."

"…그게 무슨 말씀이신지…….."

창준은 깜짝 놀랐으나 그런 기색을 숨기고 일단 한 번 빼봤다.

"저희가 이미 조사를 끝냈다는 말입니다. 선생님은 유럽에서도 극비로 취급하는 리들 에너지를 사용하는 방법을 알고 계시지 않습니까."

나 부장의 말을 듣고서 확실히 알 수 있었다.

이들이 자신에 대해서 이미 모두 알고 있다는 것을.

창준의 얼굴이 숨길 수 없을 만큼 딱딱하게 굳어가자 나 부장은 웃으며 말했다.

"그렇게 경계하실 필요는 없습니다. 어차피 선생님이나 저나 모두 대한민국의 국민 아닙니까. 그런 힘을 가지고 있다고 하셔서 국가에서 잡아가거나 하지는 않습니다."

"네… 그런가요?"

"그렇죠! 이런 인재가 대한민국의 건아라는 것은 자랑스러운 일이지, 두려워하거나 숨겨야 할 일은 아니라고 생각합니다. 이런 인재가 우리나라를 위해서 일을 한다면 얼마나 국민을 이롭게 하겠습니까. 하하하!"

결국 이런 것이다.

나 부장의 말에서 창준은 이들이 왜 자신을 데리러 왔는지, 자신을 어떻게 하려는 것인지 모두 눈치챘다.

국정원은 자신을 국정원 소속이나 다른 어떤 국가기관에 소속을 시키고 일을 하도록 만들려는 것이 분명했다.

국정원에서 일하도록 만들려는 것이 아니면 이렇게 극진하게 자신을 데리러 오는 것은 있을 수 없는 일이다.

자신은 그렇게 대단한 사람이 아니었으니 말이다.

여기서 창준이 모르는 것은, 이런 생각은 나 부장 혼자 한 것이라는 점이다.

"미국에 있으면서 많이 힘드셨습니까?"

"그렇진 않습니다. 생각보다 잘해주더군요. 뭐… 한국식으로 식사를 주지 않아서 당분간 양식은 별로 먹고 싶지 않은 정도라고 할까요?"

이미 자신에 대해서 알고 있으니 저자세로 나갈 필요는 못 느꼈다.

이들이 자신을 국정원에서 일하도록 만들고 싶다는 것은 현재 자신에게 결정권이 있다는 말이기 때문이다.

한마디로 창준 그 자신이 갑이라는 말이다.

"하하! 한국까지 가는 동안 기내에서 나오는 음식은 모두 한식이니 다행이군요. 더 맛있는 음식은 한국에 가면 제가 대접해 드리도록 하겠습니다."

"사양하지는 않겠습니다. 그런데 다른 분들은 누구신지……."

"아이고! 제가 정신이 없었군요. 모두 이리 와봐!"

나 부장의 말에 세 사람이 다가왔다.

"저희는 국정원 4과의 사람입니다. 이 사람은 박현우라고 하고, 이쪽은……."

나 부장이 소개를 할 때마다 한 사람씩 악수를 나눴다.

그런데 정선이라는 여자와 악수를 할 때 창준의 눈빛이 살짝 빛났다가 사라졌다.

악수를 마친 사람들이 자신의 자리로 돌아가자 창준과 나 부장도 다시 자리에 앉았다.

"그런데… 이런 자리에서 물어볼 일은 아니지만… 저희가 조사를 하면서 대단히 궁금한 점이 많아 몇 가지만 간단히 물어보겠습니다."

"네, 말씀하시지요."

"선생님이 액세서리 같은 것들에 리들 에너지를 주입해서 판매하신 것이 맞습니까?"

"네, 맞습니다. 돈이 좀 필요해서 어쩔 수 없이 그랬었지요."

나 부장은 그들이 그동안 조사했던 것에 대해서 물은 것이었으나 창준의 간단한 대답에 조금 허탈해졌다.

특히 현우의 얼굴이 그랬다.

요즘 한국에서 그가 조사하던 것은 이 액세서리로 인하여 무슨 목적을 이루려고 했는지에 대한 것이었다.

그런데 겨우 돈이 필요해서 만들었던 것일 뿐이라니…….

"그, 그러면 서울 석촌동 백제초기적석총이 있는 곳에서 괴물의 시체가 발견된 일이 있는데요. 그것도 설마 선생님이…….''

"그랬어요? 괴물이라니… 어떻게 생겼습니까?"

창준은 대단히 관심이 많이 생겼다는 듯 의자에 묻었던 상체를 들이밀며 물었다.

이건 창준이 철저히 연기를 하는 것이다.

지금 나 부장의 모습을 봤을 때, 아마도 창준이 키메라를 처치한 것은 모르는 것 같았다.

그렇다면 정확히 그들이 밝혀낼 때까지는 모르는 척하는

편이 좋을 것 같았다.

그들이 키메라로 변하기 전, 원래 사람이었다는 사실을 알게 되면 협박할 한 가지 무기를 주는 것은 아닌가 하는 생각 때문이었다.

"아… 모르시는군요. 이것 참… 이게 극비에 들어가는 일이라서 자세한 설명을 드리지 못하는 것에 대해 참 죄송하게 되었습니다."

나 부장은 창준의 의도에 넘어간 것 같았다.

그 이후로도 몇 가지 질문이 있었으나 창준은 알려줄 것들은 알려주고 몇 가지 사실은 숨겼다.

숨긴 것들은 모두 창준에게 불리하게 작용될지도 모를 것들이었다.

"질문은 여기까지 하는 것이 어떻습니까? 저도 슬슬 졸려서요."

"아! 제가 눈치가 없었군요. 알겠습니다. 도착할 시간이 되면 알려드릴 테니 푹 주무십시오."

나 부장이 상체까지 살짝 숙여서 인사를 하고는 일어나 자신의 자리로 걸어갔다.

이제야 조용히 생각을 할 수 있게 된 창준은 의자에 몸을 깊숙이 묻었다.

그리고 이후 한국에 도착하면 어떻게 할지를 생각하면서

잠을 청했다.

그렇게 비행기는 태평양을 지나 한국으로 날아갔다.

창준의 거의 한 달에 걸쳐 길고 길었던 여행이 끝나가고 있었다.

『알케미스트』 8권에 계속…

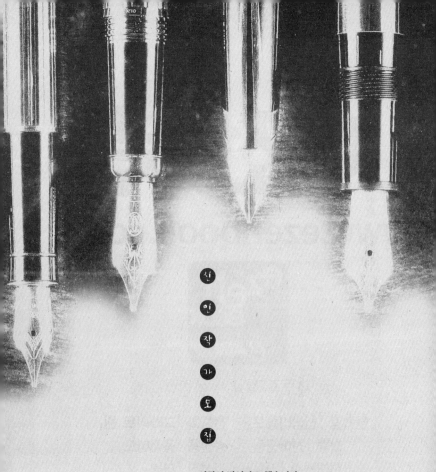

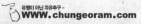

**수십 년 전, 용병왕의 등장으로 생겨난
왕국과 용병의 세계.
평소엔 한없이 가볍지만 화나면 누구보다 무서운,
놀고먹고 싶은 그가 돌아왔다!**

하지만 바람과는 달리 과거 그의 앙숙과 대륙의 판도는
도저히 그를 놓아주질 않는데……

"용병은 그냥, 돈 받고 칼을 빌려주는 놈들이니까."

그의 용병 철학은 단순했다.

"물론, 누구에게 빌려주느냐가 문제겠지?"

김현우 퓨전 판타지 소설

레드 크로니클
Red Chronicle

「드림워커」, 「컴플리트 메이지」의 작가
김현우가 색다르게 선보이는 자신작!

『레드 크로니클』

백 년의 세월 검을 들고 검의 오의에
다가선 남자 티엘 로운.

모든 것을 베는 그가 마지막으로
검을 휘둘렀을 때
그를 찾아온 것은 갈라진 시공간,
그리고… 자신의 젊은 시절이었다!

"하암, 귀찮군."

검의 오의를 안 남자가 대륙을 바꾼다!
티엘 로운의 대륙 질풍기!

Book Publishing CHUNGEORAM

유행이 아닌 자유추구 -
WWW.chungeoram.com

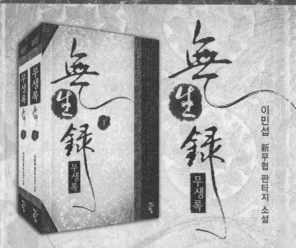

**수십 년 전, 용병왕의 등장으로 생겨난
왕국과 용병의 세계.
평소엔 한없이 가볍지만 화나면 누구보다 무서운,
놀고먹고 싶은 그가 돌아왔다!**

하지만 바람과는 달리 과거 그의 앙숙과 대륙의 판도는
도저히 그를 놓아주질 않는데⋯⋯.

"용병은 그냥, 돈 받고 칼을 빌려주는 놈들이니까."

그의 용병 철학은 단순했다.

"물론, 누구에게 빌려주느냐가 문제겠지?"

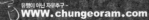

도시의 주인

말리브 장편 소설

FUSION FANTASTIC STORY

말리브 작가의 신작 현대 판타지!

죽기 위해 오른 히말라야.
그러나, 죽음의 끝에 기연을 만나다!

『도시의 주인』

다시 한 번 주어진 운명.
이제까지의 과거는 없다!

소중한 이를 위해! 정의를 외친다!

Book Publishing CHUNGEORAM

유행이 아닌 자유추구 -
WWW.chungeoram.com